Hors-piste

ERIK L'HOMME

LES MAÎTRES DES BRISANTS/I
Chien-de-la-lune

Illustrations
de Benjamin Carré

GALLIMARD JEUNESSE

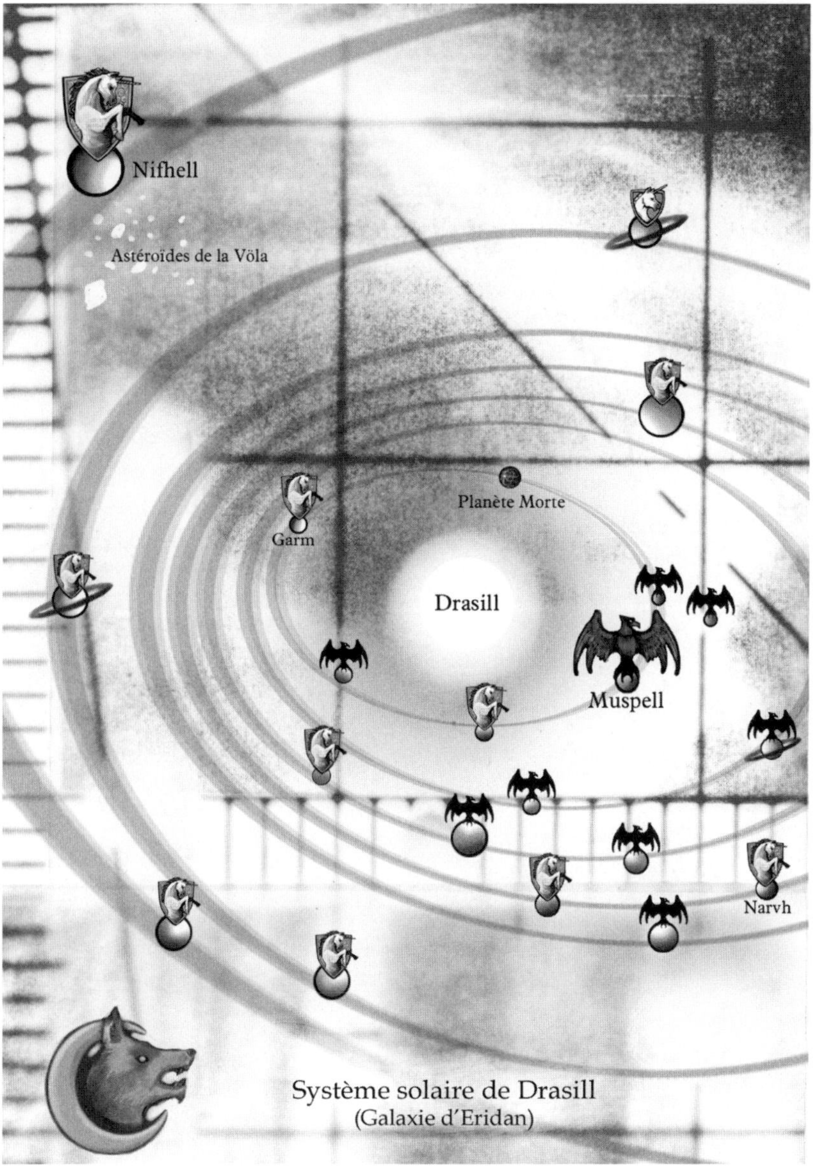
Nifhell
Astéroïdes de la Völa
Planète Morte
Garm
Drasill
Muspell
Narvh
Système solaire de Drasill
(Galaxie d'Eridan)

À mon cousin Frédéric,
en souvenir d'une longue discussion,
un soir d'hiver devant la cheminée,
au cours de laquelle naquirent
Vrânk et l'idée des Brisants...

À Albator,
le capitaine corsaire.

1/ Planète Morte

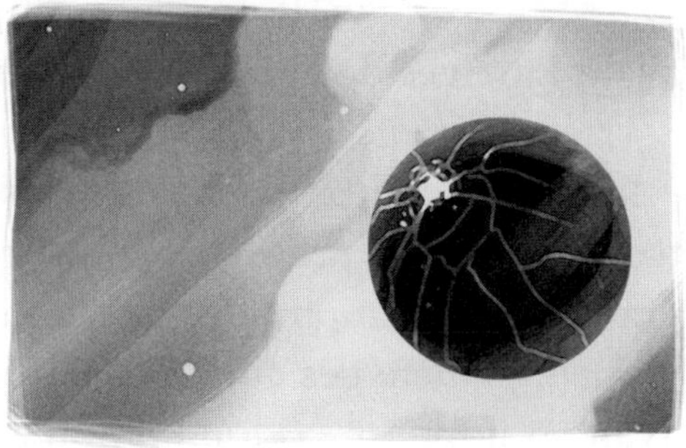

Le commandant Brînx Vobranx laissa son regard se perdre dans les étoiles, bien au-delà des murs de poly-verre. Les lumières artificielles baignaient les bâtiments métalliques d'un halo bleuté. Il faisait toujours nuit sur la base impériale de Planète Morte.

Brînx éprouva un pincement au cœur. Nifhell paraissait si loin ! L'image de son petit garçon et de son épouse, qu'il n'avait pas revus depuis six mois, surgit devant ses yeux. Le jeune officier poussa un soupir. Bien sûr, commander une garnison de cette importance représentait un grand honneur. Mais Planète Morte était si triste ! Le temps y passait si lentement...

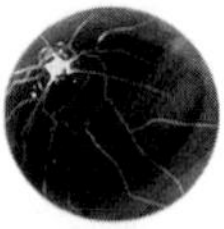

Il ne put s'empêcher de tourner les pages du paléocalendrier qui trônait sur l'ordibureau, et de compter une nouvelle fois le nombre de jours restant avant l'arrivée de la relève.

Trois mois encore.

Il respira à fond et essaya de se ressaisir. Qu'étaient donc trois mois de sa petite vie, comparés aux trois siècles de grandeur de l'empire des Généraux-comtes de Nifhell ? Nifhell, planète des confins balayée par les vents glacés, avait su imposer sa domination à la moitié du système solaire de Drasill grâce à des hommes durs et courageux. Et elle devait à d'autres hommes tout aussi déterminés de contenir les ambitions du khanat de Muspell.

Notamment en contrôlant Planète Morte. Planète Morte et les Chemins Blancs.

Les Chemins Blancs étaient des couloirs qui, transitant par Planète Morte, reliaient entre elles les planètes de Drasill, les mettant à quelques heures les unes des autres, au lieu de plusieurs années auparavant. Quelques heures d'un voyage tranquille, porté par les flux d'énergie que produisait le cœur de Planète Morte. Contre plusieurs années d'un périple incertain dans l'espace que partout on appelait les Brisants, exposé au danger des Tumultes, ces redoutables tempêtes stellaires.

L'officier s'en voulut de sa faiblesse.

Il se promit de ne plus se laisser aller ainsi…

On frappa à la porte.

Un jeune garçon entra, portant sous le bras des cartes roulées.

– Commandant Brînx, le lieutenant-cartographe m'a demandé de vous remettre les derniers relevés effectués par l'équipe au sol.

Brînx sourit. Sous prétexte que les voyages et les expériences formaient la jeunesse mieux que de trop nombreuses heures sur les bancs de l'école, l'empire Comtal envoyait des stagiaires dans tous les services, aux quatre coins du système solaire ; leur sérieux l'amusait beaucoup.

C'était une tradition aussi vieille que l'empire lui-même : de treize à seize ans, les garçons et les filles de Nifhell interrompaient leurs études et partaient en stage. Ils étaient affectés à des services variés, en fonction de leurs aptitudes et de leurs aspirations. Ensuite, les stagiaires pouvaient continuer cette forme d'éducation et apprendre ainsi un métier, ou bien retourner à l'école.

Brînx se remémora ses années de stage, effectuées sur Garm, la planète des vacanciers, dans les services de la sécurité.

Il retrouva sa bonne humeur.

– Comment t'appelles-tu, mon garçon ?

– Rôlan Atkoll, mon commandant.

Rôlan, suivant la mode alors en vogue chez les jeunes de l'empire, avait les cheveux teints moitié en noir et moitié en blanc, et portait sur les yeux des lentilles de couleur rouge.

Ses vêtements, plus sobres, arboraient une licorne dressée, le symbole de Nifhell, et, juste à côté, l'insigne des stagiaires, un sablier qui rappelait à son porteur que le temps passait quoi que l'on fasse, et qu'il valait donc mieux l'utiliser de façon constructive !

Seuls ces écussons étaient obligatoires. Les stagiaires s'habillaient à leur convenance, ou à celle de leur employeur.

Brînx lissa sa fine moustache blonde.

– Tu as été affecté au service de la cartographie, c'est bien ça ?

– Oui, mon commandant.

– Tu t'y plais ?

Rôlan retint à grand-peine une grimace.

– Oui, mon commandant.

– Sois franc avec moi, garçon.

– Oui, mon commandant… C'est-à-dire non, mon commandant. En fait, je…

Brînx rit sous cape devant l'embarras du stagiaire. Il termina à sa place :

– En fait, tu t'es retrouvé là sans l'avoir demandé !

– Oui, mon commandant, dit Rôlan soulagé.

– Quel était ton choix, au départ ?

– Je voulais entrer dans la fanfare des généraux-comtes…

– Ah, tiens ! Et… de quel instrument joues-tu ?

– Du tambour ultrasonique.

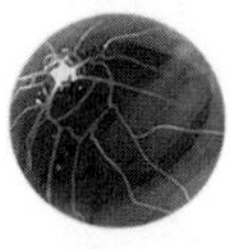

– Tu en as joué devant les maîtres de la fanfare ?

– Oui… Le lendemain, j'ai reçu mon ordre d'affectation sur Planète Morte, chez les cartographes.

Le commandant se retint pour ne pas éclater de rire.

– Mais, dis-moi, Rôlan, ton tambour… Tu l'as emporté avec toi ?

– Oui, mon commandant, répondit le stagiaire. Seulement, l'officier-bagagiste de Planète Morte m'a dit que les instruments de musique de ce genre étaient contraires au règlement, et il l'a gardé en consigne. Il m'a appris que, sur Planète Morte, on ne devait absolument pas faire de bruit, que c'était une règle militaire très importante.

– Oui, hum, c'est exact, s'étouffa Brînx en se promettant de féliciter l'officier-bagagiste pour sa vivacité d'esprit. Le règlement… est très strict sur ce point !

Le commandant allait congédier le stagiaire, puis il se ravisa et le retint encore un moment.

– Je comprends que tu sois déçu, Rôlan Atkoll, dit-il d'un ton paternel. Mais tu es là, c'est comme ça. C'est à toi de choisir maintenant (il fit un geste en direction du sablier cousu en écusson sur la poitrine du garçon) : soit tu rumines ta déception, tu fais ta mauvaise tête et tu perds trois ans de ta vie ; soit tu acceptes ce coup du sort contre lequel tu ne peux rien et tu essayes de tirer le meilleur parti de la situation… Allons, je suis sûr que le lieutenant-cartographe n'est pas un mauvais homme, et que tu peux

apprendre beaucoup de lui et de son équipe !

– Oui, mon commandant, acquiesça gravement Rôlan avant de quitter la pièce. C'est sûrement un bon conseil. Merci !

« Tant que Nifhell fournira des jeunes gens volontaires et enthousiastes, l'empire Comtal continuera à dominer Drasill », pensa Brînx joyeusement.

Rendu à sa solitude, le commandant se pencha sur les cartes que lui avait apportées le stagiaire. Les cartographes avaient bien travaillé.

Lorsqu'il avait pris le commandement de la garnison, Brînx Vobranx s'était aperçu que de nombreuses zones de Planète Morte restaient mal connues.

C'était une planète sans atmosphère, totalement inhabitée. Rien n'y poussait, sinon les rochers et la poussière !

La base, qui comprenait un modeste astroport et quelques bâtiments dans lesquels vivaient et travaillaient soldats et techniciens de l'empire, avait été bâtie à l'abri des terribles rayons du soleil trop proche, sur la face sombre de la planète. Sous la base, un réseau de galeries, naturelles et artificielles, s'enfonçaient profondément dans le sol. Le reste était mort. Planète Morte ressemblait d'ailleurs bien plus à une lune qu'à une planète !

Mais Brînx, d'un tempérament consciencieux, avait tenu à compléter la carte de ce petit bout de la galaxie

dont il était responsable, et avait pour cela énergiquement sollicité une équipe peu habituée à tant d'activité.

Le commandant sourit en repensant à la stupeur du lieutenant-cartographe quand il lui avait donné l'ordre de vérifier l'état des casques à oxygène de ses hommes et de se préparer à des sorties quotidiennes sur le terrain…

L'attention de Brînx fut soudain attirée par une lueur inhabituelle dans le ciel.

Il fronça les sourcils et augmenta la transparence du polyverre pour mieux voir.

Un point lumineux, qui semblait suivi par une multitude d'autres, approchait rapidement de Planète Morte.

Brînx crut tout d'abord à une pluie de météorites et il se demanda comment le polyverre résisterait si l'une d'elles venait à atteindre la base.

Une sonnerie discrète retentit.

Il sortit de la poche de sa veste d'uniforme un technophone pas plus gros qu'un briquet. Le technophone permettait de joindre des correspondants partout dans le système solaire, grâce à l'extraordinaire réseau des Chemins Blancs.

– Service des détections, mon commandant, lui dit une voix féminine dans le combiné. Nous vous signalons qu'une flotte entière approche de Planète Morte ! Nous comptons déjà plus de deux cents vaisseaux.

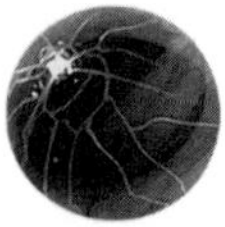

– Par la corne du Gôndül ! s'exclama Brînx Vobranx. Pouvez-vous... pouvez-vous les identifier ?

– Oui, commandant : ils arborent tous l'oiseau rouge du khan de Muspell. Et...

– Et ?

– Un pavillon flotte sur l'antenne du navire amiral, commandant. C'est une énorme pieuvre...

Brînx coupa la communication et épongea d'un revers de manche la sueur qui commençait à perler sur son front.

– Une attaque, c'est une attaque... Le khan de Muspell est fou de défier l'empire en menaçant Planète Morte...

Brînx Vobranx composa sur son technophone le numéro direct des généraux-comtes de Nifhell. Puis il annonça d'une voix rauque que Muspell venait de rompre la trêve et s'apprêtait à prendre d'assaut Planète Morte...

2/ De verre et de métal

Vrânken de Xaintrailles foulait d'un pas joyeux les dalles de pierre noire de l'interminable couloir conduisant à la salle du Conseil.

Ce n'est pas qu'il appréciait particulièrement le palais Comtal, qui dressait sa silhouette sombre et sans grâce au cœur de Kenningar, la capitale de Nifhell. Mais il avait été convoqué par les généraux-comtes, et cela signifiait qu'il allait bientôt repartir dans l'espace !

Il rongeait son frein depuis trop longtemps, dans la vieille demeure des Xaintrailles, au pied des montagnes de Skadi…

Le capitaine Vrânken de Xaintrailles, que ses amis appelaient Vrânk et ses ennemis Chien-de-la-lune — à cause du blason de sa famille : un chien montrant les crocs à l'intérieur d'un croissant de lune —, venait de fêter ses trente ans.

Il était de taille moyenne, mais son allure le faisait paraître plus grand. Sous la chemise noire bouffante, le pantalon de toile anthracite, les bottes de cuir et le manteau pourpre des jeunes nobles de l'empire, on devinait des muscles habitués aux exercices quotidiens.

De fait, quand il était à terre, Vrânken trompait son attente et sa solitude dans le manoir ancestral en ferraillant le matin avec un vieux maître d'armes, et en bravant l'après-midi le vent glacé des pentes enneigées de la montagne. Le soir, selon son humeur, il restait à lire devant le feu, dans un vieux fauteuil de cuir, ou bien il gagnait une taverne et vidait quelques chopes de l'épaisse bière locale avec les jeunes gens du village.

Heureusement, les escales n'étaient jamais longues. L'empire Comtal aimait l'action, et Vrânken était un capitaine demandé !

Vrânken coiffa de la main ses cheveux blonds qu'il portait jusqu'aux épaules.

Il posa ses yeux bleus sur l'emperogarde en faction devant la porte monumentale.

Puis son regard s'attarda sur le fusil en polymétal que

l'homme tenait entre les mains. Il avait toujours été fasciné par cet alliage, aux possibilités multiples, dont l'empire gardait jalousement le secret.

Il finit par s'arracher à sa contemplation.

– Capitaine de Xaintrailles, annonça-t-il au soldat. Je suis attendu.

L'emperogarde hocha la tête sans pour autant relâcher sa vigilance.

Vrânken comprit immédiatement qu'il se passait quelque chose d'inhabituel. Il frémit et en éprouva une excitation supplémentaire.

Les lourdes portes de polymétal s'ouvrirent. Le capitaine entra d'un pas décidé dans la vaste salle où de gigantesques murs de pierre sombre alternaient avec d'épais panneaux de polyverre.

Les neuf généraux-comtes qui veillaient à la destinée de l'empire étaient assis autour d'une table ronde faite d'orichalque et de bronze, deux paléométaux aujourd'hui délaissés.

Sur le tablier étaient gravées les vingt et une planètes gravitant autour du soleil de Drasill.

Les généraux-comtes étaient vêtus d'une armure de polymétal noir. L'un d'entre eux se leva et fit signe à Vrânken de s'approcher.

– Venez vous asseoir, capitaine, dit simplement l'homme.

Son visage était dur, sa silhouette puissante, et seuls des cheveux blancs trahissaient son âge.

Vrânken prit place à ses côtés.

Il avait reconnu le général-comte Egîl Skinir, qui avait été élu par ses pairs quelques années auparavant à la tête du conseil des Neuf. Le fait qu'Egîl Skinir s'adresse à lui personnellement porta la curiosité de Vrânken à son paroxysme.

– Xaintrailles, continua Egîl Skinir, l'empire Comtal est confronté depuis la nuit dernière à un problème... préoccupant.

Vrânken sentit une gêne dans sa voix, comme si le général-comte se sentait pris en faute.

– La garnison chargée d'assurer la garde de Planète Morte ne répond plus. Je vais vous faire écouter le dernier message que nous avons reçu, il y a quelques heures, de l'officier responsable.

Il tapa dans ses mains. Aussitôt, une voix altérée emplit la pièce :

– Général-comte Skinir ! Ici le commandant Brînx Vobranx, de Planète Morte. Nous subissons actuellement une attaque ! Deux cents vaisseaux de guerre portant la marque de Muspell ! Le navire amiral...

– Ça suffit, dit le général-comte Rân Gragass qui représentait le comté marécageux de Sungr, en interrompant l'enregistrement. Je connais les Vobranx. C'est une vieille et honnête famille. Quant à l'officier Brînx, il a toujours été très bien noté par ses supérieurs. On peut donc penser que ce message est sérieux.

Egîl Skinir abattit rageusement son poing sur la table.

– Ces barbares de Muspell ! Nous défier de la sorte ! Quelle audace ! Capitaine !

Vrânken, l'instant de stupeur passé, s'était tassé au fond de son siège et semblait réfléchir.

– Capitaine, reprit Egîl Skinir, nous voudrions que vous preniez la tête de la contre-offensive que nous allons lancer sur Planète Morte. Il est inutile, je pense, de vous rappeler nos intérêts dans cette affaire…

Vrânken ne répondit pas tout de suite. Le général-comte haussa un sourcil.

– Eh bien, Xaintrailles ? Votre réponse…

– Trois choses m'étonnent, commença Vrânken en sortant de son silence.

– Nous vous écoutons, Xaintrailles.

– Tout d'abord, quel intérêt aurait le khan de Muspell à attaquer Planète Morte ? L'empire n'a jamais empêché Muspell d'utiliser les Chemins Blancs pour ses voyages interplanétaires. L'accord est tacite depuis cent cinquante ans : nous contrôlons Planète Morte mais tout le monde peut emprunter les Chemins Blancs, pour voyager, communiquer ou commercer. Muspell y trouve son compte, et a autant besoin des Chemins que nous. Pourquoi cette fripouille d'Atli Blodox prend-il le risque d'une confrontation directe avec l'empire ?

– Nous nous posons également la question, dit Egîl Skinir. Les gens de Muspell sont imprévisibles. Ce sont des barbares, qui ont toujours considéré comme insultant de n'avoir que neuf planètes tandis que nous en possédons douze. Peut-être pensent-ils que le temps est venu de prendre leur revanche. Ou alors, plus simplement, le khan fait-il le fanfaron pour asseoir un peu plus son autorité à Muspell !

– Peut-être, poursuivit Vrânken songeur. Je me demandais également pourquoi vous m'aviez choisi, moi. Nifhell compte d'autres capitaines plus prestigieux.

Nifhell, qui n'était habitée que partiellement à cause des mauvaises conditions climatiques (la planète se trouvait très éloignée du soleil), comportait neuf comtés. Chaque comté élisait pour neuf ans un général-comte qui siégeait au palais Comtal de Kenningar. Les généraux-comtes, qui ne dirigeaient autrefois qu'une planète, se trouvaient depuis trois siècles à la tête d'un empire contrôlant plus de la moitié du système solaire de Drasill, en bordure de la galaxie d'Eridan.

Les bases de l'empire Comtal reposaient sur un solide socle traditionnel, et sur une aristocratie ancienne dont les droits et les devoirs se transmettaient de génération en génération. Chez les Xaintrailles, on commandait des navires depuis toujours. Vrânken, comme beaucoup

d'autres à Nifhell, n'avait fait que prendre le relais et hériter de l'antique vaisseau familial.

La différence, c'est qu'il s'était toujours montré excellent à ce jeu-là, et les généraux-comtes le savaient bien ! Le capitaine Vrânken de Xaintrailles avait de l'instinct et du génie, et cela le désignait tout naturellement pour devenir l'homme clé d'une situation difficile...

– Soyons francs, répondit Egîl Skinir. Ni moi ni le général-comte Arvâk Augentyr, qui représente votre comté de Skadi, ne l'ignorons : malgré votre jeune âge, vous êtes le stratège le plus brillant de l'empire. C'est vous qu'il nous faut ! Vous allez bientôt comprendre...

Egîl Skinir relança l'enregistrement et la voix de Brînx Vobranx résonna à nouveau dans la pièce :

– ... le navire amiral arbore le signe de la Pieuvre ! Venez à notre aide ! Par la corne du...

La phrase s'arrêtait net.

– La communication a été interrompue là. Il est vraisemblable que...

Mais Vrânken n'écoutait plus. Il s'efforçait de conserver son calme. Les événements prenaient une autre dimension : la Pieuvre dirigeait l'attaque contre Planète Morte !

La Pieuvre. Ce stratège étonnant était soudainement apparu quatre ans plus tôt. Depuis, il ridiculisait les navires de l'empire dans toutes les escarmouches qui

opposaient Nifhell à Muspell. Il avait gagné son surnom au cours d'un audacieux coup de main aux abords de la planète Narvh, où il avait utilisé les vaisseaux du khan comme des tentacules pour arracher à l'empire un convoi de prisonniers. Cette façon de faire s'était ensuite affinée, et l'évocation de son nom provoquait à présent l'effroi chez les marins de Nifhell.

Jamais encore la Pieuvre n'avait été battue...

Un frisson parcourut l'échine de Vrânken, comme chaque fois qu'il se sentait défié. Il se fendit d'un sourire et se tourna vers Egîl Skinir, qui attendait sa réponse.

– J'espère que vous aimez les beignets de calamar, général-comte !

L'assemblée accueillit la boutade avec soulagement. Il y eut même quelques rires.

– Parfait, Xaintrailles, dit Egîl Skinir en lui serrant vigoureusement la main. Nous sommes heureux que vous acceptiez ! Le départ aura lieu dans deux ou trois jours, le temps de réunir suffisamment de vaisseaux. Cela dit, dès que l'on vous saura à la tête de l'opération, je ne doute pas que l'on se bouscule à l'astroport !

Contrairement au khanat de Muspell, qui disposait en permanence d'une flotte de navires de guerre, l'empire ne pouvait compter que sur des équipages indépendants qui choisissaient de leur plein gré de participer ou non à une campagne.

Cette indépendance était défendue farouchement par les marins de Nifhell et, au-delà, par une population qui considérait depuis longtemps la liberté comme une valeur fondamentale.

Cet état d'esprit, tout de fierté et d'enthousiasme, était à la fois la force et la faiblesse de l'empire…

Vrânken se leva pour prendre congé.

– Encore un instant, Xaintrailles, dit Egîl Skinir. Vous nous avez dit que trois choses vous étonnaient dans cette affaire. Peut-on connaître la troisième ?

Vrânken eut un nouveau sourire, moqueur cette fois.

– Avant, c'est un général-comte qui prenait la tête de chaque expédition. Je constate que cette époque est définitivement révolue !

Egîl Skinir haussa les épaules. Il se contenta de faire signe au jeune capitaine de quitter la pièce.

– N'oubliez pas, Xaintrailles. Dans trois jours, à l'astroport de Kenningar !

– Ne vous en faites pas. Mon navire y sera amarré dès demain…

Vrânken salua les neuf généraux-comtes et tourna les talons. Il exultait.

3/ De laine et de soie

Une brise légère caressait le feutre de la grande tente dressée au centre du campement.

Drasill n'était pas encore très haut dans le ciel, mais il dardait déjà de redoutables rayons sur la grande steppe de Muspell. Car la planète des tribus du khan était aussi chaude que celle des généraux-comtes était froide.

Un oiseau déplia ses grandes ailes rouges et quitta son nid de pierres, tapissé de laine, construit au sommet d'un amas rocheux.

Profitant des courants d'air matinaux, il s'éleva rapidement au-dessus de la plaine d'herbe jaune. Il vit bientôt un troupeau de zoghs, grosses chèvres brunes qui donnaient aux gens de Muspell la laine, le lait et la viande dont ils avaient besoin. L'oiseau tournoya un moment au-dessus des bêtes à la recherche d'un jeune isolé, mais les grondements des chiens-lions l'incitèrent à aller voir ailleurs.

Il prit de la hauteur.

En quelques battements d'ailes, il fut loin. Il surplomba d'imposantes montagnes arides, où les hommes avaient creusé des mines qui fournissaient le sel, le fer et le charbon. Il passa rapidement au-dessus des usines qui, enfouies dans la terre, fabriquaient l'acier et élaboraient les vaisseaux qui avaient permis aux premiers khans de partir à la conquête des étoiles. Quelques cheminées crachèrent un nuage sale. L'oiseau ne s'attarda pas. Il ne jeta même pas un regard sur les tours d'acier effilées de l'astroport qui, à flanc de montagne, bruissait d'une activité incessante.

Il survola d'autres steppes immenses, d'autres troupeaux, d'autres villages de tentes serrées autour de puits. Il fit demi-tour à l'approche du désert qui délimitait la steppe des hauts plateaux aussi sûrement que l'océan cernait la terre. À l'instar de la glace sur Nifhell, le feu du soleil rendait Muspell inhabitable aux trois quarts.

À proximité d'une forêt de mûriers nains, domaine des vers qui tissaient la célèbre soie noire de Muspell, l'oiseau rouge dénicha enfin ce qu'il cherchait.

Son bec s'ouvrit sur un cri strident.

Il se laissa tomber comme une pierre en direction du sol. Le lapin-taupe n'eut pas le temps de comprendre ce qui se passait. Il fut happé et emporté par les serres puissantes du rapace.

Ainsi était la vie sur Muspell : sauvage et précaire...

Atli Blodox se sentait d'excellente humeur. Assis en tailleur sur le tapis de laine et de soie qui couvrait le sol de la tente, il échangeait des sourires entendus avec les chefs de tribu qu'il avait convoqués.

Le khan était de petite taille, mais trapu et étonnamment fort. Son regard gris laissait transparaître une intelligence aiguë et une inflexible volonté. Son crâne était rasé, comme l'était celui de tous les hommes de Muspell. Il portait sur le torse, à côté d'un oiseau rouge tatoué, une longue cicatrice blanchâtre, souvenir des combats qui l'avaient opposé aux autres prétendants au trône, vingt ans auparavant.

Dans la tradition de Muspell, le khan n'était ni élu ni fils de khan. À la mort du khan, chaque tribu désignait un champion, et celui-ci devait prouver qu'il était le plus fort et le plus digne d'occuper la place vacante...

Vingt-sept tribus se partageaient la steppe, et tous les quatre ans fournissaient au khan un contingent de guerriers qui étaient envoyés, soit en garnison sur les planètes occupées, soit en service sur les navires de la flotte stellaire. Leur devoir accompli, ils retournaient pour la plupart à la steppe, à leurs troupeaux et à leur façon de vivre ancestrale. Les autres devenaient cadres et formaient les nouvelles recrues.

– Mes frères, commença Atli Blodox. À cette heure, les vaisseaux à l'oiseau rouge doivent être en vue de Planète Morte.

La voix du khan était chaude et grave.

– Nous allons enfin prendre notre revanche, dit en serrant ses poings énormes un colosse dont le visage était couturé de cicatrices.

– Et mettre un terme à l'arrogance des généraux-comtes, ajouta un chef de tribu grand et sec comme un héron.

– L'empire ne sait pas ce qui l'attend, conclut joyeusement le khan.

Trois servants firent leur apparition avec des plateaux et commencèrent à servir du thé et des pâtisseries aux amandes.

À l'inverse de l'empire Comtal qui se contentait d'exiger des planètes conquises un impôt et des emplacements réservés aux navires impériaux dans les astroports, le khanat de Muspell exploitait sans vergogne les populations sous son contrôle…

Une sonnerie retentit dans la tente. Atli Blodox porta à son oreille son technophone et conversa un moment à voix basse.

– Victoire, mes frères ! annonça le khan triomphant. L'opération a parfaitement réussi.

– Nos guerriers ont-ils pris le contrôle des Chemins Blancs ? demanda un vieillard fripé comme une pomme.

– Pas encore. Il y a des poches de résistance dans les sous-sols. Mais, pour l'instant, cet aspect des choses n'est pas le plus important !

Atli Blodox partit dans un grand rire, imité par les chefs de tribu.

Peu après, alors que les hommes les plus puissants de Muspell achevaient de manger la viande apportée dans des plats de terre cuite, un individu fit son apparition sous la tente.

Il était grand et maigre, dans un état de saleté repoussant. Il s'appuyait sur un bâton gravé, couvert de signes incompréhensibles.

Les conversations moururent.

Atli Blodox lui-même inclina la tête en signe de respect : il s'agissait d'un otchigin, un prince du feu, un chaman.

Chaque tribu avait son chaman, son sorcier, qui interrogeait au cours de transes sacrées les esprits du Tengri, du ciel et de la terre.

L'otchigin qui venait d'entrer dans la tente était considéré comme le plus puissant des vingt-sept chamans de Muspell.

– Ô grand khan, commença-t-il d'une voix caverneuse, je viens à ta demande pour questionner les Puissances. Es-tu prêt à entendre ce qu'elles ont à te révéler sur l'avenir ?

– Je suis prêt, otchigin.

Le chaman ferma les yeux.

Il marmonna quelques paroles indistinctes et tapa sur le sol avec son bâton. Aussitôt, un feu de flammes froides naquit de la poussière sous les exclamations étouffées.

Le chaman sortit ensuite une poignée d'herbes de la poche de son manteau rapiécé et la jeta dans les flammes. Une fumée épaisse envahit la tente, provoquant quelques toussotements et raclements de gorge. Il se pencha au-dessus et la respira goulûment. Puis il rejeta la tête en arrière et commença à se balancer de gauche à droite.

Lorsqu'il reprit la parole, on aurait dit que quelqu'un d'autre parlait par sa bouche :

– Il y a des lueurs dans le ciel… Les tentacules de la Pieuvre resserrent leur étreinte… J'entends des cris de douleur… Beaucoup de morts… Une ombre s'approche… L'ombre d'un chien qui gronde… Le Tengri retient son souffle… Seul le Tumulte peut savoir…

Le chaman haletait. Il gémit puis secoua la tête, comme pour se débarrasser d'une présence envahissante.

Il rouvrit les yeux.

Un silence tendu régnait dans la tente.

D'un geste de son bâton, il éteignit les flammes et balaya la fumée.

– Otchigin, demanda Atli Blodox, as-tu vu ce que tu as décrit ?

– J'ai décrit ce qui sera peut-être, grand khan. L'avenir n'est pas figé comme le passé. Les Puissances elles-mêmes lui sont soumises.

– Mais dis-moi : était-ce un bon ou un mauvais présage ?

– C'était un bon et un mauvais présage.

Sur cette phrase énigmatique, l'otchigin s'éclipsa aussi discrètement qu'il était arrivé.

– Alors, mon khan ? s'inquiéta l'homme le plus proche de lui.

– Vous avez entendu comme moi, dit Atli Blodox en se resservant de l'alcool de blé. Les dieux eux-mêmes ne savent rien. Tout est possible, tout reste ouvert. Mes frères, je propose que nous levions nos verres à la réussite de notre entreprise ! Que le Tengri nous garde !

– Que le Tengri nous garde ! répétèrent les chefs de tribu.

– Maintenant, rugit le khan, amusons-nous ! Faites entrer les musiciens ! Les incertitudes de l'avenir doivent nous inciter à profiter pleinement du présent !

Dehors, le vent s'était levé et déplaçait de petits nuages de sable. À l'abri du feutre de la grande tente, les hommes accompagnaient de leurs chants les flûtes et les tambours. Comme avant eux leurs ancêtres, à la différence qu'aujourd'hui le ciel au-dessus de leur tête n'appartenait plus seulement aux dieux…

4/ À l'école des Frä Daüda

– D'abord… L'abîme existait seul. Ni mer ni sable, ni ciel profond, ni herbe ni arbre. Il n'y avait rien d'autre que l'abîme. Et l'abîme était empli de forces désordonnées. Et l'abîme attendait. Une brume glacée s'éleva d'un côté de l'abîme, et de l'autre souffla un vent brûlant. De leur rencontre naquit la galaxie d'Eridan. Les planètes, les étoiles, et l'espace que l'on nomme aujourd'hui les Brisants… S'il te plaît, Mörgane, continue.

Une jeune fille qui rêvassait sursauta et leva la tête vers la devineresse. Ses camarades, rassemblées autour de Frä Ülfidas sous la ramure de l'arbre artificiel en polyverre, pouffèrent.

L'élève prise en faute rougit légèrement. Elle était plutôt grande, maigre comme peut l'être une fille surprise par l'adolescence. Sa longue chevelure châtain flottait sans retenue sur la robe brune des novices de l'ordre féminin des Frä Daüda. Ses yeux clairs étaient immenses.

Mörgane fixa son attention sur la source de polymétal liquide, qui jaillissait au pied de l'arbre translucide, et se concentra.

– *Ensuite*…, récita-t-elle d'une voix monocorde, *ce fut le règne des sales monstres, celui des titans et celui des Puissances. Les Brisants étaient le domaine des terrifiants Gôndüls, comme les océans de Nifhell sont aujourd'hui le repaire des requins noirs aux dents acérées et à l'haleine fétide. Les planètes abritaient les trôlls, des géants puants et cruels, des ëlfes et d'innombrables esprits. Quant aux étoiles, elles nourrissaient dans leur ombre le grand serpent stellaire. Comme l'univers était jeune alors !…*

– Mörgane…, l'interrompit Frä Ülfidas, pourquoi te crois-tu obligée d'ajouter des adjectifs de ton invention à un récit qui satisfait les novices depuis près de mille ans ?

Mörgane prit l'air le plus innocent qu'elle put.

– C'est un moyen que j'ai trouvé pour rendre l'histoire plus vivante. Vous voyez, Frä Ülfidas, si l'on répète bêtement ce que disent les textes sacrés, que je respecte bien sûr ! eh bien ils ne parlent que de planètes qui abritaient des trôlls. Si l'on précise que c'était des géants puants et cruels, on s'en fait une image plus précise !

La vieille devineresse ne cacha plus son sourire.

– Dans un sens, tu as raison, Mörgane. Mais comment peux-tu être sûre que les trôlls étaient puants et cruels ? Qui te dit qu'ils n'étaient pas doux et qu'ils ne se lavaient pas tous les jours ?

Mörgane chercha vainement quelque chose à répondre, avant de baisser la tête d'un air penaud.

– Vois-tu, Mörgane, voyez-vous, mes enfants, continua la devineresse en s'adressant à la douzaine de jeunes filles assises autour d'elle dans la vaste salle de cours, il faut veiller à respecter la vérité. Et la vérité est souvent mieux servie lorsqu'elle est nue. Nous ne savons rien des géants qui peuplèrent les planètes avant nous. Nous les avons simplement appelés trôlls. Gardons-nous de les définir, même pour rendre une histoire plus vivante. Nous ne sommes pas des poètes, notre école n'est pas celle des troubadours, dont l'art est d'inventer et d'enjoliver des récits pour captiver un auditoire ! Nous sommes au contraire la mémoire et la clairvoyance de cet univers. Nous apprenons à entendre le passé et à voir l'avenir. Avez-vous compris ?

Toutes hochèrent la tête, même Mörgane que regardait plus particulièrement le vieux professeur.

Mörgane aimait sincèrement Frä Ülfidas et détestait lui faire de la peine. Elle regrettait simplement qu'il n'y

ait pas plus de place pour la fantaisie chez les Frä Daüda.

Ses parents, comme ceux de la plupart de ses amies novices, avaient péri au cours de l'une des guerres qui opposaient régulièrement Nifhell à Muspell, ou bien à l'occasion de l'un des raids féroces qu'effectuaient fréquemment les pirates des Brisants sur les planètes de Drasill. Elle ne savait pas exactement.

Ensuite, l'ordre des Frä Daüda l'avait recueillie et était devenu sa seule famille. Elle avait endossé la robe des novices à l'âge de sept ans et, malgré son caractère rebelle, elle était aujourd'hui appréciée par l'ensemble de ses professeurs. Même si elle n'était pas la plus studieuse recrue de l'ordre, elle avait su y faire sa place.

À treize ans, il lui semblait, avec l'orgueil caractéristique de la jeunesse, qu'elle n'avait plus grand-chose à apprendre sur les mystères des Frä Daüda...

– Xändrine, reprit la devineresse en s'adressant à une jeune fille aux cheveux noirs, veux-tu bien poursuivre ?

– *Ensuite... Quelque chose vint de l'extérieur. L'univers hésitait alors entre l'ordre et le chaos. Quelque chose vint et repartit, bouleversant tout sur son passage, provoquant la disparition d'êtres anciens et l'apparition d'êtres nouveaux. Les trôlls et les ëlfes cédèrent la place aux hommes. Les Gôndüls se raréfièrent. De nombreux esprits quittèrent les planètes pour les étoiles. Le grand serpent envahit les Brisants, et ses soubresauts donnèrent naissance aux tempêtes meurtrières que l'on*

appelle aujourd'hui les Tumultes. Surtout, surtout, dans son sillage, la chose de l'extérieur laissa le temps, qui engendra le passé, le présent et l'avenir...

– Gäranze, commanda Frä Ülfidas.

Une autre élève prit timidement la suite :

– Ensuite... L'équilibre de l'univers fut rompu. Grouillant comme des fourmis folles, les hommes se répandirent à travers la galaxie. Les premières guerres eurent lieu. Fracas des armes, cris d'agonie. Silence. Battements d'ailes des corbeaux. Les frères s'entretuèrent, la peur domina les êtres, temps des haches et des épées, temps des tempêtes et temps des loups. Les Brisants gagnèrent sur les terres, les étoiles se voilèrent, le ciel entier sembla réduit en cendres...

Frä Ülfidas termina elle-même :

– Enfin... En bordure d'Eridan ravagée, un soleil neuf se leva que l'on appela Drasill. Il éclairait vingt et une planètes sauvées du désastre. Des guerres reprirent entre les hommes qui avaient échappé à la fureur du chaos, guerres bien dérisoires au regard de celles qui furent. Bientôt un équilibre s'instaura, comtes et khans se partagèrent les marches de la galaxie. Sous le feuillage du grand arbre, les devineresses évoquent le passé et les secrets anciens. Penchées au-dessus de la source, elles plongent leurs regards dans l'avenir mystérieux. Elles se souviennent et elles devinent. Elles s'approprient le temps. Nées à Nifhell, les Frä Daüda sont devenues

l'âme de l'empire, tout comme les otchigins incarnent le souffle du khanat...

La devineresse se leva et tapa dans ses mains.

– Allez, les filles, c'est fini pour ce matin. N'oubliez pas de faire vos exercices de concentration avant de vous rendre au réfectoire !

Les élèves s'égaillèrent joyeusement.

Chaque novice possédait une chambre personnelle, où elle était libre de s'isoler quand elle le souhaitait. Les lieux de rencontre ne manquaient pas : le grand réfectoire, les gymnases, les saunas et les innombrables bibliothèques résonnaient fréquemment du bruit des conversations !

L'école des Frä Daüda, en vieille pierre pour sa partie la plus ancienne, en polyverre pour les bâtiments les plus récents, occupait un quartier entier d'Urd, capitale du comté du même nom situé au bord de l'océan gelé qui couvrait le nord de la planète.

C'était, avec le palais Comtal et l'Académie spatiale de Kenningar, le lieu le plus prestigieux de Nifhell...

Mörgane s'apprêtait à rejoindre Xändrine pour aller disputer une partie de paléotennis quand elle fut arrêtée dans son élan par Frä Ülfidas.

– Mörgane, reste un moment je te prie. J'ai à te parler.

La jeune fille fit signe à son amie de ne pas l'attendre et s'approcha de la devineresse.

– Oui, Frä Ülfidas ?

La vieille femme couvrit Mörgane d'un regard plein de tendresse.

L'âge avait ridé sa peau, avait fait fondre sa chair et avait tordu ses doigts, mais il n'avait pu courber son dos ni éteindre le feu qui brûlait dans ses prunelles. Elle se tenait droite dans sa robe grise de devineresse. Mörgane lui rappelait de façon poignante la fille qu'elle-même avait été à son âge…

– Mörgane, tu auras treize ans demain.

– Ah çà, je le sais bien ! J'ai déjà prévu une sacrée fête ! Pourquoi ? Vous… Vous voulez venir ?

– Mörgane. Cela fait longtemps que les lois de l'empire ne touchent plus les Frä Daüda. Est-ce une erreur ? Moi, je le crois.

La jeune fille sentit l'anxiété la gagner. Treize ans demain, les lois de l'empire ! Se pourrait-il que… ? Non, ce n'était pas possible. Cela faisait si longtemps qu'aucune novice n'était partie !

– Ma chère petite, poursuivit la devineresse. Je suis navrée pour ta fête mais, demain, tu partiras en stage…

Mörgane sentit une boule grandir dans sa gorge.

– Frä Ülfidas, parvint-elle à dire d'une voix tremblante, je ne comprends pas…

– Il existe des traditions dont on oublie l'importance. La présence des devineresses à bord des vaisseaux de Nifhell est l'une de celles-là.

La jeune fille posa sur la vieille femme un regard suppliant.

– Ma décision est irrévocable, continua-t-elle. Tu seras l'assistante de Frä Drümar sur un vaisseau qui s'apprête à partir en campagne. Sa mission semble importante. Elle m'a demandé de choisir une stagiaire parmi mes meilleurs éléments.

Mörgane accusa le coup.

– Frä Ülfidas... Pour mon anniversaire, je me réjouissais tellement...

La devineresse fit semblant de ne pas avoir entendu.

– J'attends beaucoup de toi, ma fille. Frä Drümar fut aussi l'une de mes meilleures élèves, il y a longtemps. Tu apprendras beaucoup auprès d'elle. Tâche de l'assister de ton mieux.

Mörgane ne put se retenir plus longtemps. Elle éclata en sanglots.

– Écoute, Mörgane. Je pense sincèrement que ces trois années loin d'Urd te seront profitables. C'est une chance que je t'offre. Prends-la et sers-t'en pour devenir celle que tu dois être...

– Je ne veux... pas partir, hoqueta-t-elle. Ma place est ici... Ici !

Mörgane s'écarta brutalement de la vieille femme et se mit à courir vers les bâtiments qui abritaient les chambres des novices.

Frä Ülfidas soupira.

Elle comprenait quel déchirement cela pouvait être pour la jeune fille de quitter ses amies et l'univers qui avait été le sien toute sa vie. Mais elle était convaincue d'avoir fait le bon choix. Pour tout le monde.

Dans une prière muette, elle demanda à l'arbre sacré de veiller sur sa protégée.

5/ Quartiers chic

– Maman ! Est-ce que tu as vu mon pull noir ? Je ne le trouve pas !

– Tu as regardé partout, mon chéri ? Tu es sûr ?

– Oui !

Lëna Augentyr abandonna son livre et se dirigea vers l'élévateur. Elle prit place dans le tube de polyverre et demanda à voix haute d'être déposée au premier étage.

Elle trouva la vitesse trop élevée et prit le temps de la régler. Elle remit en place sa chevelure ambrée, marcha ensuite d'un pas rapide jusqu'à la chambre de son fils.

– Xâvier ! Qu'est-ce que c'est que ça ?

La pièce, ouverte sur les bouleaux du parc à l'arrière de la maison, était sens dessus dessous. Le lit ressemblait à un champ de bataille, une paire de chaussettes gisait sur l'ordibureau et plusieurs piles de livres s'étaient effondrées sur le sol antipoussière imitation bois. Des barbares de Muspell n'auraient pas mis plus de désordre !

Un garçon de treize ans, plutôt grand pour son âge, les cheveux teints en noir et blanc et les yeux rouges à cause des lentilles qui faisaient fureur au collège depuis la rentrée, tourna vers Lëna un visage suppliant.

– Maman !... J'ai a-bso-lu-ment besoin de ce pull ! C'est mon préféré !

Lëna Augentyr s'attendrit devant la détresse de son fils. Ce pull était donc si important ? Puis elle réalisa qu'il le cherchait pour pouvoir l'emporter et son cœur se serra. Elle avait fini par ne plus y penser tant cette idée lui était insupportable : son Xâvier venait d'avoir treize ans et, tout fils de général-comte qu'il était, il devait se plier à la tradition en vigueur à Nifhell. Il allait donc partir en stage pour trois ans, et elle ne le reverrait plus qu'à l'occasion des vacances que le service où il serait affecté voudrait bien lui concéder.

Un sanglot lui monta dans la gorge et l'empêcha presque de respirer. Elle n'avait jamais été séparée de lui. Ne pouvait-il pas y avoir d'exceptions ? Pour se calmer, elle se promit d'obtenir de son mari que

Xâvier soit le plus souvent possible à Kenningar.

– Maman…

Ravalant son chagrin, Lëna fouilla dans l'armoire et ne tarda pas à en retirer le fameux pull. Xâvier la remercia à peine, le fourra dans son sac de voyage qui commençait à prendre des proportions volumineuses et se mit en quête d'autre chose.

– Comment s'appelle le bâtiment sur lequel tu vas faire ton stage, mon chéri ? J'ai déjà oublié !

– *Le Rongeur d'Os*, maman. C'est un vaisseau célèbre, tu sais ! Il appartient au meilleur capitaine de Nifhell. Papa m'a dit que j'allais être attaché à son service personnel. Tu aurais vu la tête des copains quand je leur ai annoncé la nouvelle !

« *Le Rongeur d'Os*… Ridicule ! pensa Lëna. J'espère seulement que ce capitaine n'est pas une tête brûlée et, surtout, qu'il traitera mon fils avec les égards qui lui sont dus. Sinon, il s'en mordra les doigts. Parole de femme de général-comte… »

Lëna croisa les bras, nerveuse, et s'approcha du garçon.

– Tu embarques demain ?

– Aujourd'hui. Maman ! Je te l'ai déjà dit au moins cent fois !

– Tu es donc si pressé de me quitter ?

– Ça n'a rien à voir ! Tu mélanges tout ! Je t'aime-je t'aime-je t'aime ! Mais enfin, je pars en stage, c'est comme ça pour tout le monde !

Elle faillit se mettre à hurler qu'il n'était pas tout le monde, qu'il était son fils à elle, et le fils d'un général-comte ! Puis elle vit à quel point il était excité par son départ proche. Le moment était mal choisi pour exprimer ses sentiments.

Elle essaya de se rappeler ses propres années de stage, qu'elle avait effectuées comme infirmière à l'hôpital de Kenningar et qui ne lui avaient pas laissé beaucoup de souvenirs.

À l'époque, elle voulait devenir médecin. Elle voulait aller sur des planètes lointaines. Elle voulait rencontrer toutes sortes de gens.

C'était il y a si longtemps !

– Je remonte, chéri. Si tu as besoin de moi, appelle.

– Merci, maman !

Elle quitta le premier étage que son fils occupait seul et qui comportait chambre, salle de cinéma, gymnase et piscine. Le rez-de-chaussée servait aux réceptions, à l'accueil des invités et des amis. Le deuxième étage était le sien et celui de son mari.

Bien que le général-comte Arvâk Augentyr représentât le comté de Skadi, qui l'avait élu, elle l'avait poussé à venir habiter la capitale, arguant des études de Xâvier qui allait alors entrer au collège. En réalité, étant elle-même originaire de Kenningar, elle ne supportait plus l'isolement et la rudesse du comté montagneux.

Les neufs comtés de Nifhell avaient ceci en commun qu'ils étaient tous froids, ventés et brumeux. Mais certains l'étaient davantage que d'autres ! À commencer par le comté de Skadi, constamment balayé par les vents. Le comté de Sungr, lui, plein de lacs et de marais, était particulièrement humide. Celui d'Urd, le plus septentrional, où vivaient les devineresses, au bord de l'océan gelé, était glacé. Le comté d'Alsvin, aux forêts couvertes de givre, abritait encore toutes sortes de bêtes féroces. Celui de Vermal était une île du Sud, au bord de l'océan Libre ; c'était le plus petit de tous, mais aussi le plus riche car son sous-sol regorgeait du minerai qui entrait dans la composition du polymétal. Il y avait aussi l'industrieux comté de Grudal, le comté de Menglod, que l'on surnommait comté des Marchands, celui de Gerd, réputé pour la beauté de ses femmes, et enfin celui de Kenningar.

Kenningar était la seule véritable ville de Nifhell. La plupart des capitales de comté n'étaient que des bourgades où se tenaient les marchés, où avaient lieu les fêtes et les cérémonies, où résidaient quelques gros commerçants et l'administration impériale. Elles possédaient parfois un petit astroport, une université ou un hôpital. Mais l'essentiel de la vie se passait ailleurs. Quelque part entre les hauts murs des villages et les maisons fortifiées, entre les forêts enneigées, les serres de polyverre et les torrents glacés. Nifhell abritait à l'origine un peuple de paysans et de marins, d'hommes fiers et libres, farouchement attachés à leur terre, leur famille et leurs amis. À l'ère de l'empire interplanétaire, les choses n'avaient guère changé, et l'on ne venait finalement à Kenningar que pour régler une affaire importante, prendre un vaisseau à l'astroport, profiter d'un concert et d'un bon restaurant, ou bien poursuivre de hautes études.

C'était comme cela que Lëna Augentyr avait réussi à convaincre son fils de quitter sans trop de regrets ses amis de Skadi : en lui faisant miroiter la célèbre Académie spatiale de Kenningar.

Les Augentyr avaient ensuite élu domicile sur les hauteurs de la ville, dans les quartiers chic. Xâvier était entré dans le meilleur établissement de Kenningar et fréquentait depuis, pour la plus grande satisfaction de sa mère, la bonne société de Nifhell…

Xâvier Augentyr s'acharna un long moment contre la fermeture de son sac, puis se jeta sur son lit, en sueur. Il était prêt !

Les yeux au plafond, il s'imagina à bord du *Rongeur d'Os*, combattant les pirates des Brisants, échappant aux féroces navires de Muspell. Nul doute qu'un jour il devienne à son tour capitaine. Son père avait la fortune nécessaire pour lui procurer un vaisseau. Quant à lui-même… N'était-il pas le premier de sa classe en mathématiques appliquées et en stratégie spatiale ?

Il songea à l'avenir radieux qui était le sien et son cœur se mit à battre plus fort.

Puis il revint au *Rongeur d'Os* et à son capitaine. Il avait vu sa photo dans le magazine *Simulations et théories*, un journal d'actualités sur les guerres dans l'espace. L'article rapportait dans le détail ses onze victoires éclatantes sur la flotte du khan de Muspell.

Xâvier était impressionné. Le palmarès de ce capitaine égalait presque celui de la Pieuvre, le génial amiral de Muspell, dont l'étonnante stratégie venait de faire l'objet d'un jeu virtuel ! Jeu qu'il s'était bien sûr empressé d'acquérir.

Enfin, l'article du magazine laissait également sous-entendre que le propriétaire du *Rongeur d'Os* n'hésitait pas à s'aventurer parfois dans les Brisants…

Les Brisants. C'était le nom que les habitants du système solaire de Drasill donnaient à l'espace. Un espace qui les fascinait et qui les effrayait autant que les océans avaient pu effrayer et fasciner leurs ancêtres, avant que commence la grande aventure interplanétaire.

Depuis la découverte des propriétés de Planète Morte, qui avaient permis de concevoir les Chemins Blancs, rares étaient ceux qui choisissaient d'affronter les Brisants et ses dangers, pirates ou tempêtes stellaires.

D'autant qu'un voyage d'un an à travers les Brisants pouvait être accompli en seulement une heure par les

Chemins Blancs ! Il fallait vraiment être fou pour s'en écarter. Ce capitaine était assurément un drôle de personnage.

Son père semblait le tenir en haute estime. C'est pour cela qu'il avait usé de toute son influence pour le faire accepter en stage près de lui…

Xâvier se leva et inspecta sa chambre. C'est vrai, il avait un peu exagéré ! Un bref instant, il fut tenté de la ranger. Mais il se rappela que les employés de maison viendraient demain : ils s'en occuperaient !

Il laissa donc tout en l'état, ôta simplement les chaussettes de son ordibureau, alluma l'écran holographique et commença une bataille spatiale en trois dimensions.

6/ L'astroport

L'astroport de Kenningar était situé en dehors de la ville, sur une hauteur qui le mettait partiellement à l'abri des brumes montant de l'océan, fréquentes en hiver et au printemps.

Des hangars gigantesques dressaient leur ossature de polymétal à côté des quais d'envol baignés de la lumière bleue réglementaire. Des tours de contrôle s'élançant vers le ciel côtoyaient les auberges de transit blotties sur le pourtour de la colline.

Construit au fur et à mesure des besoins de l'empire, l'astroport était plus impressionnant que beau, et l'on sentait bien, derrière l'apparente rigueur militaire, la

désinvolture et l'esprit de liberté propres aux gens de Nifhell.

L'électrobus reparti, Mârk resta un long moment à contempler l'incroyable enchevêtrement de bâtiments. C'était la première fois qu'il venait à l'astroport, et rien dans sa courte vie ne l'avait préparé à cela.

Une légère brise se mit à souffler. C'était l'été à Nifhell, mais il faisait froid. Il remonta le col de la veste élimée, trop grande pour lui, que son grand-père avait absolument tenu à lui donner pour qu'il fasse bonne impression. En pensant à lui, Mârk fut pris d'une bouffée de tristesse. Peut-être aurait-il dû refuser de partir…

Mârk Glabar était un garçon petit et trapu, dont les cheveux noirs et les yeux sombres contrastaient avec la blancheur de sa peau. Son pull était raccommodé mais propre.

Le matin même, à l'aube, après des cours qui avaient duré une partie de la nuit, il avait quitté le quartier du vieux port de Kenningar, où se trouvait le centre d'apprentissage, pour celui des tisserands, adossé à une colline. C'était l'un des nombreux quartiers populaires de la capitale. Il en connaissait chaque rue par cœur et aurait presque pu citer le nom de tous les habitants.

Une boulangère l'avait arrêté et lui avait donné une miche de pain toute chaude, en le chargeant de saluer son grand-père. Il l'avait remerciée poliment.

« Ce n'est pas parce que l'on est pauvre que l'on est un voyou, lui disait souvent le vieil homme. Au contraire, bien des riches sont de vrais truands, qui confondent ce qu'ils possèdent avec ce qu'ils sont. Le pauvre, lui, n'a que ce qu'il est. Sois toujours digne, petit, et protège ton honneur. Il est ta seule richesse ! »

À la mort de ses parents, Mârk avait été recueilli par son grand-père, un docker cloué depuis longtemps dans un fauteuil par un accident de travail. Il avait fait toute son éducation.

Bien que bon élève, Mârk avait rapidement compris que la petite pension de son grand-père ne lui permettrait jamais de poursuivre de longues études. Il avait alors décidé d'entrer en apprentissage, et avait choisi la cuisine, dans l'espoir de pouvoir un jour monter son propre restaurant dans le quartier qui l'avait vu naître.

Mârk avait grimpé quatre à quatre les escaliers conduisant au modeste appartement qu'ils occupaient dans un immeuble appartenant à l'empire.

Même si les généraux-comtes ne prêtaient guère d'attention au petit peuple de Nifhell, ils ne l'avaient cependant jamais abandonné. Ils veillaient à la salubrité des bas quartiers et subvenaient aux besoins des plus démunis. Grâce à cela, si la pauvreté était courante à Kenningar, la misère y avait toujours été absente, et chacun continuait à porter un regard favorable sur le régime en place à Nifhell depuis près de mille ans.

– Grand-père, c'est moi ! avait-il annoncé en pénétrant dans l'appartement.

Il avait posé le pain sur la table en polyverre de la cuisine et s'était dirigé vers le salon, qui servait aussi de chambre au vieil homme.

Mârk l'avait trouvé en larmes dans son fauteuil. Il tenait une lettre entre ses mains.

– Grand-père ! s'était exclamé Mârk en se précipitant vers lui. Qu'est-ce qui se passe ?

L'homme semblait incapable de prononcer un mot. De sa main tremblante, il avait tendu le papier au garçon.

Mârk l'avait lu.

C'était une convocation. Le garçon était appelé à rejoindre avant neuf heures l'astroport de Kenningar, pour accomplir son stage dans les cuisines d'un navire en partance.

Le visage de Mârk s'était durci.

– Je vais refuser d'y aller, avait-il déclaré. Tant pis s'ils me classent comme déserteur !

– Je te l'interdis, tu entends ? avait alors rugi son grand-père en se raidissant dans son fauteuil. Je ne veux pas que l'on dise que mon petit-fils a fui son devoir et renoncé à son droit ! Car partir en stage est un droit pour tous les jeunes gens de Nifhell. Riches ou pauvres, forts ou faibles, c'est la seule égalité promise et garantie par l'empire à tous ses citoyens !

Mârk avait tourné vers lui un regard douloureux.

– Mais grand-père, qui s'occupera de toi ?

– Je suis assez grand pour m'occuper de moi tout seul ! Et puis nous avons des voisins compréhensifs.

Mârk s'était tu, submergé par l'émotion. La voix de son grand-père s'était adoucie.

– Tu vas beaucoup me manquer, avait repris le vieil homme, ça c'est sûr. Mais je suis très fier que tu fasses ton stage sur un vaisseau spatial. N'oublie pas de nous faire honneur.

– Je n'oublierai pas, grand-père, avait-il répondu, bouleversé comme il ne l'avait jamais été…

Mârk respira à fond pour se donner du courage. Puis il prit sa valise qui tenait fermée grâce à un bout de corde et pénétra dans l'enceinte de l'astroport.

Il se rendit dans le hall central et avisa un grand panneau « Accueil ». L'hôtesse souriante n'avait aucune information concernant les navires sur le départ, mais elle lui conseilla de se rendre au quai central, qui avait été réquisitionné par les généraux-comtes.

Il s'y rendit au pas de course. Il était en retard…

Sur le chemin de l'astroport, Mârk s'était fait coincer par la bande de Gueule-en-Biais, des mécaniciens en dernière année d'apprentissage qui fréquentaient le centre, comme lui. Il était devenu leur ennemi le jour où il avait refusé de se faire racketter et où il avait poussé ses camarades à la résistance. C'était trop bête ! Il avait

jusque-là réussi à les éviter. Cette fois, à un contre quatre, sans possibilité de fuite, il était cuit.

Il avait grommelé quelque chose qui ressemblait à un « tant pis » et s'était préparé à l'attaque. La rue était une jungle qui possédait ses propres lois, des lois surtout favorables aux plus forts. Mârk le savait, et c'est pour cela qu'il avait fréquenté assidûment le gymnase vétuste du centre d'apprentissage, se liant peu à peu d'amitié avec le gardien. L'homme, un ancien empegarde, avait fini par lui apprendre « deux ou trois trucs qui pouvaient s'avérer utiles un jour ».

Gueule-en-Biais avait fait un pas en avant. Il avait acquis ce surnom après avoir été défiguré par une pièce de moteur mal ajustée.

Plus âgé que Mârk de quelques années, il était aussi plus grand et plus lourd.

– On dirait que ça se gâte pour toi, Mârk, avait-il dit d'un ton moqueur.

Sa voix sortait déformée de ses lèvres, à moitié soudées entre elles. L'espace d'un instant, Mârk avait éprouvé de la pitié pour celui qui s'apprêtait à le massacrer.

– Finissons-en, avait-il grondé.

– Comme tu voudras, avait ricané Gueule-en-Biais en faisant signe à ses acolytes.

Les trois grands apprentis, trop sûrs d'eux, s'étaient jetés sur Mârk.

Il avait donné un premier coup de pied dans le ventre

de l'un des agresseurs. Tout en remerciant mentalement son ami du gymnase pour ses « deux ou trois trucs utiles », il avait accueilli le suivant avec un autre coup de pied, à la tête cette fois, puis abattu le troisième d'un coup de poing.

La bagarre n'avait pas duré dix secondes.

Une profonde surprise avait marqué les traits déformés de Gueule-en-Biais. Une surprise qui laissa vite la place à l'irritation…

– Monsieur joue aux durs, avait-il sifflé. Très bien !

Il avait fait jaillir un couteau de sa poche et s'était précipité sur Mârk.

Le garçon, pris au dépourvu, n'avait pu éviter complètement le coup que Gueule-en-Biais lui portait au visage. Il avait senti une vive brûlure et le sang s'était mis à couler sur sa joue. Il avait porté les doigts à sa blessure, d'abord incrédule.

Puis une colère froide l'avait envahi. Gueule-en-Biais allait trop loin. C'était aussi ce que devaient penser ses camarades qui, s'étant relevés péniblement, discutaient entre eux à voix basse.

Désapprouvant visiblement leur chef, la bande avait décampé.

Mârk avait décidé de profiter de l'occasion. D'un coup brusque, il avait écarté le couteau que Gueule-en-Biais tenait toujours dans la main. Puis il l'avait frappé à la gorge.

Son adversaire avait émis un gargouillis étonné avant de perdre connaissance et de s'effondrer lourdement.

Mârk n'avait pas attendu de voir s'il se relevait. Il avait pris ses jambes à son cou.

Plus loin, il avait nettoyé sa blessure avec un mouchoir trempé dans une fontaine…

Tout en marchant dans le couloir de l'astroport, il toucha sa joue de sa main libre. L'estafilade, profonde, le lançait encore. Mais il s'en moquait. Il avait mis à terre quatre adversaires, et avait échappé à la mort. Ce n'était pas rien pour un garçon de treize ans !

Au grand étonnement des voyageurs de l'astroport, il se mit à rire tout seul en se rappelant cette phrase de son grand-père : « Il arrive un moment où il ne sert plus à rien de parler. Seuls comptent alors les actes. Ces actes parlent pour toi… »

Au début, il avait essayé de discuter avec la bande de Gueule-en-Biais pour qu'elle cesse son racket. Sans succès. Les actes avaient donc succédé aux mots, et les actes avaient parlé !

C'était ça, la vie : une jungle et, au milieu de cette jungle, d'interminables confrontations.

En se faisant cette réflexion, Mârk déboucha sur le quai central.

7/ L'embarquement

Le quai central pouvait accueillir trois cents vaisseaux. Il était plein. L'annonce de la campagne de libération de Planète Morte et la nomination de Vrânken de Xaintrailles comme capitaine en chef avaient attiré de nombreux volontaires. La zone grouillait de monde.

Mârk hésita. Il finit par intercepter un homme portant l'uniforme de l'empire, qui lui indiqua une salle d'attente en bout de quai.

Mârk s'y rendit, inquiet. Il se détendit en apercevant dans la pièce une pancarte portant l'inscription « Stagiaires ». En s'approchant, il découvrit deux jeunes gens de son âge, chacun dans un coin.

L'un était un garçon plus grand que lui, qui se tenait raide comme un piquet devant un énorme sac de voyage. Mârk lui lança un « Salut ! » qui resta sans réponse. Il comprit immédiatement, aux cheveux teints en noir et blanc, aux lentilles rouges et aux vêtements luxueux, à quel milieu il pouvait appartenir. Il haussa les épaules et s'intéressa à l'autre.

C'était une fille plutôt mignonne, avec de longs cheveux et des yeux bleus qui lui mangeaient la figure. Elle portait une robe de laine toute simple, brune, et était assise sur un petit sac. Mârk tiqua. Il avait déjà vu des devineresses avec leurs novices, du côté du vieux port, où elles venaient discuter avec les anciens des bas quartiers. Il s'était toujours méfié des Frä Daüda, qu'il jugeait trop étranges. Il lança quand même un autre « Salut... », auquel la jeune fille répondit par un geste de la main. Il soupira intérieurement. Pourvu que ces deux-là ne fassent pas leur stage sur le même navire que lui !

Il repéra une chaise, posa sa valise et attendit.

Xâvier sentit venir une crampe. Cela faisait une heure au moins qu'il se forçait à rester debout et qu'il affichait de manière ostentatoire le détachement qu'il croyait propre à l'élite sociale de Nifhell. Depuis que cette fille était arrivée, plus exactement. Plutôt jolie, il fallait l'avouer. Mais si mal habillée ! Que pouvait-elle faire là ? Quant à l'autre, qui venait, c'était certain, tout droit des bas quartiers, et qui lui avait adressé la parole comme à l'un de ses congénères… Pour qui se prenait-il ? Si par malchance ce pouilleux montait lui aussi sur *Le Rongeur d'Os*, il lui ferait vite voir le fossé qui les séparait !

N'en pouvant plus, Xâvier se mit à marcher avec nonchalance, feignant de s'intéresser à l'architecture de la salle d'attente.

« Alors c'est ça des garçons "délurés" ? pensa Mörgane vaguement amusée en regardant distraitement l'un et l'autre. Ils seront peut-être avec moi. Même s'ils ont l'air de parfaits idiots, c'est toujours mieux que de se retrouver toute seule… »

Bien sûr, Mörgane avait déjà fréquenté des garçons. L'école des Frä Daüda n'était ni un couvent ni une prison ! Mais elle se moquait en elle-même des recommandations que lui avaient adressées les vieilles devineresses avant son départ, notamment en ce qui concernait les garçons « délurés » qu'elle serait amenée à côtoyer pendant son stage.

Pour l'heure, l'annulation de sa fête d'anniversaire et les adieux à ses amies lui laissaient encore un goût amer. Elle n'était pas d'humeur à engager la conversation !

Un homme vêtu comme un marin, avec des bottes de cuir, un solide pantalon de toile et un pull de laine, fit brutalement irruption dans la pièce.

– Vous êtes les stagiaires du *Rongeur d'Os* ?

– Oui ! répondirent d'une seule voix Mârk, Mörgane et Xâvier, avant de se dévisager avec étonnement.

– Alors suivez-moi.

Mârk et Mörgane se levèrent sans un mot et prirent leur bagage.

Xâvier fit un pas en avant et dit d'une voix assurée :

– Je suis Xâvier Augentyr, fils du général-comte Augentyr. Il n'y a personne pour prendre mon sac ?

Le marin regarda le garçon avec étonnement et éclata de rire.

– Si mon gars, il y a quelqu'un : toi ! Et ne t'avise pas de traîner.

Xâvier ouvrit la bouche de stupéfaction. Il allait répliquer quand le marin tourna les talons et se dirigea d'un pas rapide vers le quai, suivi par Mörgane et par Mârk, qui lui décocha au passage un sourire narquois.

Xâvier se renfrogna, chargea son sac sur ses épaules en ahanant puis se dépêcha de rattraper le petit groupe.

Ils marchèrent cinq cents mètres environ puis le marin s'arrêta.

– Voici *Le Rongeur d'Os*, les petits gars !

Amarré le long du quai, flottant dans l'air, se tenait le navire de guerre le plus étrange qu'ils avaient jamais vu.

Il était énorme.

Sa silhouette n'était ni gracieuse ni impressionnante : alors que les navires étaient d'ordinaire fins et élancés comme des oiseaux, ou bien puissants et trapus comme des squales, celui qu'ils avaient sous les yeux ressemblait à un gros tube, à un sous-marin des livres d'histoire.

C'était exactement cela : *Le Rongeur d'Os* était un navire des premiers temps, un crève-Brisants, construit sur le modèle des antiques submersibles !

Tout en haut, au sommet d'une antenne, flottait la licorne dressée du drapeau de Nifhell. Cela signifiait que le bâtiment était en mission pour le compte de l'empire.

Les flancs du *Rongeur d'Os*, recouverts d'une étrange matière semblable au cuir, étaient parcourus de tubes et de tuyaux qui se croisaient et se chevauchaient de façon anarchique.

L'arrière s'ouvrait sur un réacteur gigantesque.

L'avant arborait une tête monstrueuse.

– Qu'est-ce que c'est ? demanda Mârk au marin, fasciné par la proue.

– C'est une tête de Gôndül sculptée, dit le marin avec fierté. Impressionnant, hein ? Elle a été mise là pour effrayer les ennemis !

– Eh bien, confirma le garçon en frissonnant, c'est réussi ! Brrrr…

L'artisan qui avait réalisé cette œuvre avait bien travaillé. On aurait pu croire le terrible animal endormi. Protégés par des arcades saillantes et surplombés d'une corne effilée, les yeux fermés au-dessus du bec puissant semblaient prêts à s'ouvrir.

– Est-ce que… heu…, commença Xâvier, ce vaisseau n'est pas, comment dire… un peu vieux ?

– Tu as raison, mon gars. Il est même très vieux ! C'est un navire de la première génération, celle qui a permis à l'empire Comtal de se lancer à la conquête de Drasill.

– Et cette matière, s'enquit Mörgane en désignant le cuir étrange qui recouvrait la tête du Gôndül et l'ensemble du vaisseau, c'est quoi ? Ça ne ressemble à rien de connu.

– Et pour cause, ma petite ! *Le Rongeur d'Os* a été construit avant l'invention du polymétal et du polyverre ! Je ne suis pas assez calé pour vous en dire plus.

Mârk hocha la tête. Le vaisseau dégageait une impression de robustesse qui le mettait en confiance. Et comme il n'avait encore jamais mis les pieds dans l'espace, cela lui suffisait amplement !

Xâvier, lui, était horriblement déçu. Il s'attendait à voir un navire extraordinaire, magnifique, rutilant ! Et quoi ? *Le Rongeur d'Os* était un tas de ferraille, bon pour la casse ! Il se mordit les lèvres. Dès qu'il en aurait l'occasion, il appellerait son père pour lui demander des explications…

Mörgane ne se posa pas de questions. De bonnes ondes émanaient du navire. Et si Frä Ülfidas avait choisi de l'envoyer là, elle avait ses raisons. La jeune fille avait bien essayé de la faire changer d'avis, mais en vain. Sur les conseils de sa meilleure amie Xändrine, Mörgane avait finalement décidé d'accepter son sort et de faire confiance à la devineresse. Pour le meilleur et pour le pire…

Le marin leur fit signe de le suivre. Ils empruntèrent la passerelle et pénétrèrent dans le vaisseau.

8/ À bord du Rongeur d'Os

Entre la proue et la poupe, le vieux navire s'élevait sur trois niveaux que reliaient entre eux des escaliers métalliques.

La poupe hébergeait les mécaniciens, la machinerie qui renouvelait l'atmosphère du bord et le moteur à propulsion photonique. La proue, curieusement tronquée, abritait le système de guidage utilisé pour emprunter les Chemins Blancs.

Au premier niveau se trouvaient les locaux techniques, les citernes d'eau, la chambre froide et les celliers, sans oublier les exochaloupes de sauvetage. Le deuxième niveau était constitué pour l'essentiel des

pièces de vie : cantine, cuisine, salle de jeux, salle de repos et cabines des emperogardes. Les logements de l'équipage partageaient le troisième niveau avec les postes des canonniers. On accédait plus haut à la salle de pilotage, qui faisait une saillie sur le dos du navire.

Enfin, au centre du bâtiment, on venait buter contre une pièce mystérieuse qui traversait tous les niveaux. Les marins la surnommaient en chuchotant « le Temple »...

Bien entendu, Xâvier, Mörgane et Mârk ne purent voir tout cela. Ils furent escortés à travers le vaisseau et finalement abandonnés dans une grande salle pourvue de tables et de chaises, qui devait être la cantine.

Ils avaient pu constater, en suivant les coursives et en jetant des regards curieux dans les pièces ouvertes, que le bâtiment était résolument spartiate, sans fioritures ni quoi que ce soit d'inutile. C'était un navire de guerre, construit dans un but d'efficacité, sans aucune concession au confort. Un navire austère, pour un équipage rude.

Xâvier se renfrogna un peu plus. Les seuls vaisseaux qu'il avait empruntés jusque-là étaient des navires d'apparat, au luxe inouï, appartenant à des amis de son père. Déçu par l'aspect du *Rongeur d'Os*, il s'était imaginé qu'au moins l'intérieur serait éblouissant ! Il prit sa

décision : il joindrait son père à la première occasion et réclamerait une autre affectation…

Mörgane, de son côté, refusait de se faire une opinion sur le navire qui allait l'héberger pendant trois ans. Mais, déjà, son dépouillement ne lui déplaisait pas. À l'école des Frä Daüda, ses endroits préférés étaient les plus simples, les plus anciens et les plus nus. Elle n'avait jamais partagé avec ses amies le goût de ce qui brillait…

Mârk, quant à lui, s'était contenté de taper discrètement du pied sur les sols métalliques, pour vérifier leur solidité. Une fois dans l'espace, c'était la seule chose qu'ils auraient sous leurs pieds…

Ils furent bientôt rejoints par trois personnes : le matelot qui les avait accompagnés, un homme à la figure ronde et joviale dont le tablier blanc cachait mal le ventre énorme et une femme d'un âge indéfinissable, au visage fermé et dur, vêtue d'une longue robe grise.

Mörgane fut la première à s'avancer dans leur direction. Ignorant les deux hommes, elle sourit à la devineresse et, s'inclinant légèrement, lui prit la main droite qu'elle approcha de ses lèvres. La femme embrassa à son tour la main de Mörgane, sans lui rendre son sourire.

Le rituel se répéta trois fois, sous le regard intrigué des autres.

– Bienvenue à toi, Mörgane, déclara la devineresse d'une voix cassante. Je suis Frä Drümar.

– Je suis très heureuse, et très honorée, de vous avoir comme guide, Frä Drümar, répondit la novice dans un murmure, en baissant les yeux.

La froideur de l'accueil que lui réservait la devineresse la pétrifiait, mais elle prit sur elle de ne pas montrer son trouble.

Elles quittèrent rapidement la salle.

– Tu es Mârk Glabar ? demanda l'homme au tablier en adressant un sourire chaleureux au garçon à la veste rapiécée.

– Oui.

– Tant mieux ! dit-il en jetant un regard à Xâvier. Je suis Brâg Svipdag, le cuisinier du *Rongeur d'Os*. Ici, tout le monde m'appelle « le Gros ».

L'homme éclata de rire. Mârk ressentit une sympathie immédiate pour le cuisinier. Sans doute allait-il travailler sous ses ordres. Il se surprit en tout cas à l'espérer !

Il récupéra sa valise et partit avec lui.

Xâvier resta seul avec le matelot.

– Suis-moi, le capitaine veut te voir.

Xâvier hocha la tête, soulagé. Les choses allaient peut-être se décider à redevenir normales !

Déstabilisé un moment par le comportement effronté de tous à son égard, il retrouva aussitôt son assurance : le capitaine allait certainement lui présenter des excuses. Grand prince, il les accepterait ! D'autant qu'il n'allait pas rester longtemps à bord…

Ils grimpèrent sur le pont supérieur et arpentèrent de nouvelles coursives. Le garçon traînait la jambe, alourdi par son sac et essoufflé par le rythme rapide de son guide.

Puis ils empruntèrent des escaliers métalliques un peu raides et débouchèrent sous un vaste dôme de verre posé sur le dos du vaisseau.

C'était le poste de pilotage. La vue n'était gênée par rien et portait de tous les côtés. Une énorme roue tenait lieu de barre, devant les pupitres de commandes qui permettaient au capitaine de contrôler son navire.

Vrânken de Xaintrailles se tenait là, habillé d'un pull noir à col roulé et d'un pantalon de toile, noir également. Il portait un poignard de combat à la ceinture ainsi qu'une paire de paléopistolets à cartouches. Ses bottes de cuir brillaient.

À ses côtés se tenait un géant à la barbe hirsute et aux cheveux gris noués en arrière, qui le dominait d'une bonne tête. L'homme avait une jambe artificielle en polymétal.

Sur son épaule, un cyber-rat, moitié animal moitié machine, fixait Xâvier de son œil unique.

Le marin s'approcha de Vrânken et lui dit quelque chose à voix basse.

Le capitaine du *Rongeur d'Os* tourna son regard bleu vers un Xâvier intimidé.

– Xâvier Augentyr ? demanda-t-il d'une voix forte.

Le garçon prit son courage à deux mains et avança de quelques pas.

– Oui, capitaine ! Stagiaire nommé à vos côtés sur *Le Rongeur d'Os*, pour vous servir !

Il y eut un moment de silence. Puis le géant éclata de rire, suivi par Vrânken. En retrait, le marin arborait un franc sourire.

– Tout ceci est bien théâtral, mon garçon, dit le capitaine. Plus de simplicité, allons ! Bien. Je te présente Rymôr Ercildur (le géant inclina légèrement la tête). C'est mon second, et le maître d'équipage. Seul maître à bord après moi, les Puissances… et le destin ! Les matelots l'appellent chef. Tu peux aussi lui donner du monsieur si tu le désires. Tu dépendras de Rymôr pendant ton stage.

– Si je peux me permettre, capitaine, mon père m'avait dit que…

– Je sais qui est ton père, le coupa Vrânken sèchement. Sur Nifhell, il est tout. Ici, il n'est rien. Sur *Le Rongeur d'Os*, il n'y aura que toi. Tu seras traité ni mieux ni moins bien que n'importe lequel de mes hommes. Et tu seras récompensé selon tes seuls mérites. Si tu vaux quelque chose, tant mieux, sinon tant pis. À toi de nous montrer ce que tu as dans le ventre !

– Mais, capitaine, je proteste ! Ce n'est pas du tout ce que…

– Silence ! rugit Rymôr. Comment oses-tu ?

Vrânken leva la main pour calmer le maître d'équipage. Sur l'épaule du géant, le cyber-rat s'était dressé et sifflait méchamment en direction de Xâvier.

Le capitaine sortit une feuille de sa poche et l'agita devant le garçon.

– Ceci est une lettre que le comte Augentyr m'a remise personnellement. Sais-tu ce qui y est écrit ?

Xâvier déglutit et secoua la tête.

– Ton père me demande expressément de te traiter comme n'importe lequel de mes stagiaires. Il ajoute même qu'il souhaite que cette expérience fasse de toi un homme.

Le cœur du garçon manqua se décrocher dans sa poitrine. Il sentit ses jambes flageoler.

Ce n'était pas possible ! Il vivait un cauchemar ! Il allait se réveiller. Sa mère entrerait bientôt dans sa chambre, avec un bon chocolat bien chaud…

– Matelot ? dit encore Vrânken en se tournant vers le marin.

– Oui, capitaine !

– Conduisez le stagiaire dans sa cabine. Le maître d'équipage viendra le voir plus tard pour lui assigner les tâches qui seront les siennes.

Xâvier, effondré, suivit le matelot en baissant la tête.

Au moment où il allait quitter le dôme, Vrânken s'adressa une dernière fois à lui :

– J'allais oublier, garçon ! Tu me feras le plaisir de te laver les cheveux et d'enlever ces vilaines lentilles rouges ! On est sur un bâtiment de guerre, ici ! Pas dans le dernier bar à la mode de Kenningar !

Xâvier marqua un temps d'arrêt puis reprit sa marche comme un zombie.

Dès qu'il eut disparu, Rymôr et Vrânken éclatèrent de rire.

– Quel toupet, ce gamin ! Il n'y a plus de jeunesse ! s'exclama le géant.

– Bah ! Pour l'instant c'est le fils de ses parents et rien d'autre, dit Vrânken. Un gosse qui n'a encore rien vécu par lui-même. Attendons la fin de la campagne sur Planète Morte pour nous faire un jugement !

– En tout cas, son père a l'air d'un gars bien, reconnut Rymôr en caressant le rat qui enfouit sa tête dans le cou du géant. La lettre qu'il t'a donnée révèle de bons principes…

– Tu veux parler de ça ? demanda Vrânken en sortant la feuille de sa poche. C'est la liste des cartes qui nous manquent !

Rymôr ouvrit la bouche de surprise. Il eut à nouveau un rire énorme et envoya une claque sur l'épaule de Vrânken.

– Eh bien, toi, tu ne manques pas d'air !

– Si j'étais le père de ce garçon, c'est exactement la lettre que je me serais envoyée ! Bon, tu as fini de rire ? On a beaucoup de choses sérieuses à régler avant le départ !

Le capitaine et son second se remirent au travail. Rymôr ne pouvait s'empêcher de repenser au visage déconfit du stagiaire, et dut étouffer plusieurs fous rires. Mais une question de Vrânken lui fit retrouver toute sa gravité.

– Où en est-on du contact avec Planète Morte ?

– On essaye toujours de joindre la garnison, Vrânk. J'ai mis mon meilleur transmetteur sur le coup ! Hélas, personne ne répond. J'ai bien peur que...

– On continue, le coupa durement Vrânken. Leur chance de capter nos messages est infime et s'amenuise d'heure en heure, je sais. Mais j'aimerais tant que ces braves sachent que l'empire ne les a pas abandonnés !

9/ La caverne

Rôlan hurla en vidant son chargeur sur les guerriers de Muspell qui tentaient de prendre position dans les corridors du sous-sol. Le commandant avait été blessé et les rescapés de la garnison impériale l'avaient entraîné plus loin. Le garçon était resté avec quelques soldats pour couvrir leur retraite.

Les balles d'acier ricochaient autour de lui.

Rôlan Atkoll s'en moquait. Seul comptait le temps qu'ils gagnaient et qui permettrait aux autres de se mettre à l'abri. Dans le feu de l'action, ses lentilles étaient tombées, dévoilant des yeux clairs qui brillaient de détermination. Ses cheveux étaient devenus gris de poussière.

Un officier hurla un ordre.

Ils décrochèrent.

Rôlan fermait la marche, jetant de rapides coups d'œil derrière lui. Il vit trop tard le corps gisant au milieu du couloir et s'étala. Il se releva en jurant et tenta de reprendre sa course. Des cliquetis métalliques l'arrêtèrent dans son élan : les guerriers de Muspell l'avaient rattrapé et pointaient leurs armes sur lui. Il jeta par terre son fusil d'un geste rageur et leva les bras. Il pensa au commandant, espérant de toutes ses forces qu'il était hors de danger…

Brînx Vobranx s'arrêta de courir.

Il sortit un mouchoir de sa poche et le pressa contre la blessure qui poissait sa tempe. Un centimètre plus à gauche et la balle du tireur de Muspell lui perforait le crâne. La douleur était supportable, mais le sang qui coulait le gênait.

Il y eut un bruit de cavalcade. Les soldats restés en arrière pour couvrir sa fuite les rejoignirent.

Brînx s'adressa à ce qui restait de la garnison de Planète Morte :

– Nous approchons des installations principales… Nos ennemis ne doivent en aucun cas y accéder. Nous les défendrons jusqu'à notre dernier souffle !

Il y eut quelques rugissements approbateurs, et tous les regards qui se portèrent sur Brînx montraient une détermination sans faille.

Depuis le début de l'assaut, le commandant pensait à sa femme et à son fils qu'il ne reverrait certainement pas, mais également à l'empire Comtal et à la responsabilité qui était la sienne.

Leurs agresseurs, supérieurs en force et en nombre, s'étaient emparés facilement de la base de surface. Après un bref instant de désarroi, Brînx s'était ressaisi et avait ordonné le repli dans la partie souterraine. Là, à la tête de ses hommes, à un contre dix, ils avaient défendu chaque mètre de couloir, chaque salle, chaque porte.

Avec l'espoir non pas de vaincre ou même d'en réchapper, mais de tenir suffisamment longtemps pour permettre aux renforts d'arriver de Nifhell. Planète Morte ne devait pas tomber entre d'autres mains que celles de l'empire !

Et Brînx, comme chacun des hommes présents à ses côtés, savait avec une conscience aiguë que leurs vies se trouvaient désormais au centre du grand échiquier des Puissances…

– Rôlan n'est pas là ? Qui a vu Rôlan Atkoll, le jeune stagiaire ?

Le commandant venait seulement de remarquer l'absence du garçon.

– Il était… avec nous…, répondit un des hommes, qui avait du mal à retrouver son souffle. Je crois… qu'il ne nous a pas… suivis…

Brînx eut un mouvement de rage. Il s'était particulièrement attaché au stagiaire, qui s'était dès le début

battu comme un lion contre les guerriers de Muspell. Où avait-il trouvé le courage de foncer tête baissée dans la bataille ? Dans l'admiration que le garçon lui portait, peut-être. Parce qu'il lui avait parlé comme à un fils la première fois qu'il l'avait vu. Parce que Rôlan, affublé comme tant d'autres de parents trop absents, avait toujours eu besoin d'un père à respecter...

Brînx se ressaisit. Il ne devait pas se laisser aller à l'émotion. Il n'en avait pas le droit. Beaucoup de choses encore dépendaient de lui.

Il donna le signal du départ et ils reprirent leur course dans le couloir creusé à même la roche.

Ils parvinrent bientôt devant une porte monumentale et ronde, qui ressemblait à celle d'un gigantesque coffre-fort. Brînx se précipita sur le panneau de commande et présenta son œil droit et la paume de sa main gauche aux technocontrôles. Puis il tapa un code sur un clavier et demanda l'ouverture de la porte à voix haute. Celle-ci s'ouvrit dans un chuintement, dévoilant une vaste caverne entièrement tapissée de polymétal.

Quand tout le monde eut pénétré à l'intérieur, le commandant ferma la porte et en condamna l'ouverture. Puis il poussa un soupir de soulagement.

Ils étaient à l'abri car lui seul avait accès au cœur du dispositif.

Bien sûr, il était toujours possible de forcer le passage. Mais percer une porte ou des murs en polymétal demanderait du temps. Beaucoup de temps.

Suffisamment sans doute pour permettre aux vaisseaux des généraux-comtes de venir à leur aide...

La plus grosse partie de la caverne était occupée par la machinerie complexe qui permettait aux Chemins Blancs de fonctionner. Des tubes gigantesques s'enfonçaient dans le sol jusqu'au noyau de la planète, que l'impressionnante installation maintenait en activité.

Les machines fonctionnaient seules. En autonomie complète. Les techniciens ne se rendaient dans la caverne qu'occasionnellement, pour vérifier que tout allait bien.

Il en était ainsi depuis plus de cent cinquante ans, depuis que les astrosavants de l'empire avaient découvert les propriétés de Planète Morte et qu'ils avaient élaboré le système capable de les exploiter.

Inaugurant une ère faste pour l'empire, qui avait ouvert à tous les Chemins Blancs, à la condition tacite de respecter son autorité sur Drasill...

Brînx exigea de ses hommes qu'ils prennent du repos, ce qu'ils firent, jusqu'à ce qu'ils entendent les premiers chocs sourds contre la porte.

Il était encore trop tôt, mais les hommes de Brînx Vobranx s'éparpillèrent dans la salle et se préparèrent au dernier assaut.

Le commandant s'isola derrière un coffre de polymétal massif. Là, serrant son arme contre lui, à l'abri du regard de ses hommes, il fit défiler dans sa tête les visages de sa femme et de son fils. De Rôlan. Puis il pleura en silence.

10/ Chasse sauvage

Le cheval-serpent du khan avançait au pas dans les herbes hautes de la steppe.

C'était une journée anormalement fraîche. Il avait plu la veille, et cela avait suffi pour faire baisser la température de quelques degrés.

Le khan avait fêté cette pluie providentielle avec sa tribu. Ils avaient tous beaucoup dansé, et passablement bu. En fin de soirée, l'otchigin était venu. Il avait donné de bonnes nouvelles. L'avenir s'annonçait bien.

Tout à sa joie, le khan avait décidé de partir le lendemain à la chasse. La chasse au phurr, le plus gros prédateur de la steppe. Il y avait plusieurs façons d'en venir à

bout : avec quelques hommes, on pouvait l'attaquer à la lance ou bien le cribler de flèches. À condition d'être bien accompagné, on ne prenait alors que des risques limités. Mais il existait une manière plus noble d'affronter l'animal : seul, avec son sabre. On appelait cela la « chasse sauvage »...

Ce matin-là, tous les sens d'Atli Blodox étaient en éveil. Il valait mieux ne pas se laisser surprendre par le phurr ! Il ne put empêcher, pourtant, ses pensées de s'échapper. L'odeur d'humidité qui montait du sol réveillait des souvenirs enfouis. Il se revit enfant, riant et courant après les zoghs de son père. Il se rappela la grande marche, entreprise avec ses meilleurs amis pendant son adolescence, à travers la steppe, et sa surprise en découvrant pour la première fois le désert immense. Il entendit les murmures à son oreille de la première fille qu'il avait embrassée. C'était si lointain ! Un court instant, Atli Blodox se sentit nostalgique. Mais il chassa vite cette émotion. Aujourd'hui il était khan, après avoir prouvé sa valeur. Il était le guide et le protecteur de son peuple. Et il allait entrer dans l'histoire, lui imposer sa marque comme une signature indélébile ! Lui, le khan des khans !

Soudain, le cheval-serpent se cabra et fouetta le sol de sa queue couverte d'écailles.

Le khan aperçut entre les herbes la fourrure jaune mouchetée de blanc du grand fauve.

Il calma aussitôt sa monture en la grattant derrière la crête. Si elle sifflait, le phurr serait sur eux en quelques secondes, avec ses griffes et ses crocs acérés.

Heureusement, ils étaient à bon vent.

Sans quitter des yeux l'endroit où dormait le redoutable animal, il empoigna son sabre de la main droite et le fit glisser du fourreau qu'il portait dans le dos. Puis il sauta souplement à terre.

Atli Blodox s'approcha du phurr, silencieux comme une ombre, prêt au combat.

Il s'arrêta à quelques pas de l'animal. Il aurait pu l'attaquer et le tuer facilement en profitant de l'effet de surprise. Mais, s'il ne dédaignait pas l'usage de la ruse pour parvenir à ses fins, le khan souhaitait aujourd'hui un affrontement direct.

Il interpella donc le fauve :

– Debout, mon frère de la steppe ! Je suis Atli Blodox, khan des khans, et je te défie ! Montrons aux esprits qui de nous deux est le plus fort !

Au premier mot, le phurr s'était réveillé dans un rugissement et s'était levé sur ses pattes arrière. On aurait dit un croisement entre un ours, dont il avait l'allure puissante, et un tigre aux dents tranchantes.

En une fraction de seconde, le fauve se jeta sur l'inconscient qui l'avait dérangé.

Atli Blodox para l'attaque. Il s'effaça sur le côté, aussi rapide que l'animal lui-même et, d'un mouvement

presque imperceptible, trancha la patte qui le menaçait.

Le phurr feula de douleur. Il se dressa de toute sa hauteur, dominant l'homme d'un bon mètre.

– Tu te laisses emporter par la colère, mon frère sauvage ! dit le khan en criant pour couvrir les rugissements. Tu n'as plus aucune chance contre moi !

D'un bond, il s'élança en avant et se fendit. La lame du sabre s'enfonça dans la poitrine du fauve, transperçant le cœur.

Le phurr s'écroula au sol, foudroyé.

Atli Blodox essuya son arme sur la manche de sa chemise. Puis il s'agenouilla devant sa victime et inclina la tête, en signe de respect.

– Tu t'es bien battu, mon frère de Muspell. Je sais que ta vaillance a plu aux esprits. Je te souhaite d'être heureux avec eux dans le Tengri.

Il détacha une griffe de l'une des pattes du phurr. Elle trouverait une place sur le collier déjà bien rempli qu'il aimait porter au cours des cérémonies.

Son technophone sonna.

– Vous êtes bloqués devant la dernière porte ? répéta machinalement Atli Blodox. Non, surtout pas ! Vous avez fait des prisonniers ? Très bien, utilisez-les comme monnaie d'échange. Cette salle doit tomber intacte entre nos mains. Et rapidement, maintenant. C'est compris ?

Le khan coupa la communication. Il était soucieux. Le contrôle des Chemins Blancs était essentiel dans son plan…

Il adressa une prière muette aux esprits du Tengri puis appela son cheval-serpent.

Il partit au galop sur la steppe.

11/ Rymôr Ercildur

Rymôr Ercildur marchait en sifflotant dans les coursives du *Rongeur d'Os*.

Le colosse devait se baisser pour passer certaines portes, et sa jambe artificielle heurtait le sol avec un bruit métallique qui annonçait son arrivée longtemps à l'avance.

Il aurait pu circuler dans le vaisseau les yeux fermés. Tout ce qui s'y trouvait, tout ce qui s'y passait était sous sa responsabilité, du plus insignifiant écrou au chef mécanicien, de la petite dispute à la grosse défaillance technique.

Si Vrânken était l'âme du vaisseau et les matelots les membres, Rymôr en était le cœur…

Le capitaine du *Rongeur d'Os* avait déniché son second par hasard.

À l'époque où Vrânken n'était qu'un brillant étudiant de l'Académie spatiale et le jeune héritier du navire de son père, Rymôr Ercildur était déjà vétéran de deux guerres menées pour l'empire contre les pirates. De graves blessures l'avaient renvoyé sur Nifhell, où il se morfondait.

Il passait son temps dans une taverne de Kenningar, interpellant les clients et leur offrant à boire en échange d'un peu de leur temps. À ceux qui acceptaient, il racontait alors ses exploits dans l'espace.

C'est comme cela que Vrânken l'avait rencontré.

Impressionné par ce géant encore plein d'énergie, il lui avait proposé une prothèse pour sa jambe et un emploi sur *Le Rongeur d'Os*. Le vieux matelot, ému, avait immédiatement accepté.

Dix ans d'aventures les avaient ensuite soudés...

– On va aller rendre visite au moussaillon peinturluré, hein Bumposh ? dit Rymôr au cyber-rat sur son épaule. Je veux voir ce qu'il a dans le ventre, ce petit.

Il gratta la tête de l'animal qui couina de joie.

Le géant barbu était craint de l'équipage, mais son rat l'était encore plus.

Son œil noir et la bille d'acier qui remplaçait celui crevé, le rictus qu'il avait lorsqu'il regardait les hommes, provoquaient d'irrépressibles frissons.

La moitié inférieure de son corps était constituée de tubes et de plaques en polymétal.

Une légende courait dans le vaisseau, qui disait que le cyber-rat de Rymôr était télépathe. Ainsi, devant le maître d'équipage, chacun se pétrifiait. Par respect d'abord, parce que, si on craignait le géant, on admirait également son courage personnel et son sens de la justice. Mais surtout, chacun se concentrait pour essayer de dissimuler ses pensées à l'animal !

Rymôr le savait, et il en riait souvent avec Vrânken, le soir, autour d'une eau-de-vie de prune, dans le poste de pilotage.

Pour le maître d'équipage, peu importait que ses hommes ne l'aiment pas. Lui-même, il ne les aimait pas tous ! Du moment que régnait une estime mutuelle et que chacun faisait de son mieux pour tenir son rôle, rien d'autre ne lui semblait important.

Xâvier se frictionna rageusement la tête. Il s'était lavé les cheveux et avait jeté ses lentilles rouges à la poubelle.

La lettre que le capitaine lui avait lue avait agi comme un électrochoc.

Il avait d'abord ressenti un horrible sentiment de solitude. Son père l'avait abandonné ! Il l'avait livré en pâture à un capitaine cynique et cruel ! Et tout le monde allait prendre un malin plaisir, pendant trois ans, à l'humilier et à le faire souffrir !

Une fois dans sa cabine, il s'était jeté sur un matelas et avait pleuré d'humiliation. Puis il s'était apaisé et avait essayé de réfléchir. C'était ce qu'il avait l'habitude de faire lorsque les choses déraillaient. Et il avait fini par comprendre une chose : sur ce navire, faire son malin ne payait pas !

Il contempla son reflet dans le miroir écaillé de la petite salle d'eau attenante à la chambre. Sans son apparence habituelle, il avait de la peine à se reconnaître. Surtout, il se sentait nu et vulnérable. Il était redevenu le garçon blond aux yeux marron que sa mère avait mis au monde…

Il retint un nouveau sanglot.

Rymôr parvint à l'arrière du bâtiment, là où il faisait le plus chaud et où le bruit du moteur photonique était le plus fort.

De tout temps, les Xaintrailles avaient logé leurs stagiaires à cet endroit, considérant que l'on ne pouvait jouir d'aucun avantage tant que l'on n'avait pas montré ce dont on était capable.

Il frappa à la porte, qui rendit un son sourd.

Xâvier découvrit avec surprise la silhouette massive du maître d'équipage.

– C'est bien, mon garçon, commenta Rymôr de sa grosse voix en se courbant et en entrant dans la petite pièce. Tu as repris une apparence humaine !

Le colosse s'assit sur une couchette.

Le sac de Xâvier gisait comme éventré au milieu de la cabine; ses affaires traînaient déjà partout.

– Il faudra me ranger ça, hein ? J'ai horreur du désordre. Vivre nombreux dans un espace confiné, cela demande de la discipline !

Xâvier baissa la tête, penaud, et ramassa quelques vêtements sur le sol.

– Alors petit, quoi de neuf depuis tout à l'heure ?

Xâvier ne répondit pas. Il se mordit la lèvre, le menton tremblant.

Rymôr s'en aperçut et adoucit sa voix :

– Allons, Xâvier ! Tu es intelligent, plein de bonne volonté. Tu manques juste de l'habitude de te débrouiller seul. Mais, fais-moi confiance, c'est quelque chose qui vient vite sur un bâtiment de guerre !

Il se leva et tapota la joue du garçon.

– Ton premier travail sera d'explorer *Le Rongeur d'Os* de fond en comble. Je veux que, dès ce soir, tu sois capable d'aller et venir entre tous les niveaux sans te perdre. Je te donne juste un conseil : profites-en pour repérer la cantine et la salle de jeux. Personne ne viendra te chercher pour manger ou te distraire !

– Et... pour les écussons ? s'enquit faiblement le garçon. La licorne et le sablier des stagiaires ?

Rymôr eut un geste de dédain.

– Je pourrai t'en avoir si tu le veux vraiment, mais le capitaine pense que ce n'est pas très utile, la première

année en tout cas. Un jeune stagiaire, c'est facile à reconnaître : c'est haut comme trois pommes et ça a toujours l'air perdu !

Il partit de son rire tonitruant et cette fois Xâvier l'imita, soulagé.

Le maître d'équipage allait quitter la cabine, mais il se ravisa.

– Dis-moi, garçon, c'est une impression ou tu n'as pas peur de Bumposh, mon cyber-rat ?

– Il s'appelle Bumposh ? Je le trouve marrant, dit Xâvier en approchant sa main de l'animal qui se réfugia sous la barbe de son maître. À la maison, j'avais un cyber-chat qui s'appelait Poreik. Maman l'avait acheté pour qu'il nous débarrasse des souris, mais il passait son temps à dormir. J'avais fait croire à mes copains de classe qu'il était comme ça parce qu'il était télépathe, et qu'il repérait pendant la journée les souris qu'il allait chasser la nuit. Ça les impressionnait beaucoup !

Rymôr eut une moue amusée.

– Je comprends... N'oublie pas que l'on se voit demain. Je veux que le plan du vaisseau soit gravé dans ton crâne !

– Il le sera, chef, promis, dit Xâvier d'un ton presque joyeux.

Le maître d'équipage s'éloigna dans le couloir en boitant légèrement.

– Pas mal, hein ? murmura-t-il à l'oreille de Bumposh. Vrânken avait raison. Il faut lui donner sa chance à ce petit gars !

L'animal émit plusieurs petits cris. Il semblait approuver.

12/ Frä Drümar

– Nous voici chez nous, dit Frä Drümar en fermant la porte blindée derrière la jeune stagiaire.

Mörgane écarquilla les yeux : la pièce dans laquelle elle venait de pénétrer était tout à fait inattendue.

Située au cœur du *Rongeur d'Os*, elle était plus vaste et plus haute que n'importe quelle autre cabine du navire.

Surtout, au centre, se dressait l'exacte réplique — en réduction bien sûr — de l'arbre artificiel de l'école !

Mörgane s'en approcha.

Le tronc en polyverre ne prenait pas appui sur une souche de bois millénaire, mais sur une tige métallique qui semblait plonger dans les entrailles du bâtiment. Entre les racines translucides de l'arbre sacré, non plus mêlée à de l'eau comme sur Nifhell mais à une étrange substance noire, coulait la source familière de polymétal liquide…

– Nous sommes dans le Temple du vaisseau, expliqua Frä Drümar. C'est, en quelque sorte, une annexe du poste de pilotage : le capitaine Vrânken scrute l'espace, les Frä Daüda observent le temps. Enfin, elles essayent !

Sa dernière phrase s'était teintée d'une ironie qui plut à la jeune fille. Si Frä Drümar était capable de se moquer d'elle-même, peut-être n'était-elle pas aussi terrible qu'elle en avait l'air ! Mörgane remarqua également qu'elle avait prononcé le nom du capitaine avec une certaine émotion.

– Tu dormiras là, à côté de moi, continua-t-elle en entraînant la stagiaire derrière elle et en montrant deux matelas et quelques couvertures dans un coin de la pièce. La porte que tu vois au fond mène à la salle d'eau. Nous prenons nos repas tantôt seules, tantôt avec l'équipage…

Mörgane l'observa avec attention pendant qu'elle parlait.

Elle n'était pas si vieille que ça. Elle avait quarante ans, quarante-cinq peut-être. C'était l'air dur qu'elle arborait qui la vieillissait. Son visage était encore beau, ses yeux clairs et profonds, ses cheveux presque gris. Elle n'était pas très grande, et l'on devinait à ses mains une maigreur que cachait la robe de l'ordre.

Un changement de ton dans la voix de la devineresse sortit Mörgane de ses rêveries :

– Frä Ülfidas pense que tu es brillante. J'attends quant à moi de voir. Voir pour croire : plutôt paradoxal pour une devineresse, non ?

Toujours cette ironie, ce recul...

Sans se démonter, Mörgane fit semblant de prendre la remarque de Frä Drümar pour une vraie question :

– Paradoxal ? Ça dépend ! Bien sûr, il faut croire aux mystères de l'ordre pour voir l'avenir. Mais je vois souvent des devineresses qui ne croient pas, et d'autres, encore plus nombreuses, qui croient qu'elles voient quelque chose !

Frä Drümar ouvrit la bouche de surprise. Elle examina longuement la stagiaire.

– Eh bien, au moins tu n'as pas ta langue dans ta poche. Brillante ? J'ai dû mal entendre, Frä Ülfidas disait sûrement insolente !

Mörgane vit le visage de la devineresse perdre un peu de sa dureté.

– Assieds-toi près de la source. Je prépare du thé et j'arrive. Nous serons mieux là-bas pour parler.

Mörgane s'installa au pied de l'arbre, sous la ramure et les feuilles de polyverre. En attendant Frä Drümar, elle mit de l'ordre dans sa robe, sortit une barrette de sa poche et arrangea sa chevelure.

La devineresse ne tarda pas à la rejoindre, une théière à la main.

– Ma fille…, dit Frä Drümar en remplissant les tasses d'un liquide chaud et ambré.

En entendant ces deux mots presque affectueux dans la bouche de la devineresse, Mörgane retint difficilement un soupir de soulagement.

– Ma fille, reprit Frä Drümar, peut-être es-tu intriguée par ce lieu. Ou plutôt, par la présence d'un tel lieu sur ce navire. Il faut savoir qu'autrefois, au temps des conquêtes qui envoyèrent dans les Brisants les forces vives de Nifhell, chaque vaisseau possédait son temple et sa Frä Daüda. Sans l'aide de notre ordre, rien de ce qui a été accompli n'aurait été possible.

– Je sais tout ça, Frä Drümar, dit Mörgane en retenant un bâillement.

– Ce que tu ne sais sans doute pas, petite effrontée, continua la devineresse, c'est qu'aujourd'hui, rares sont les bâtiments à posséder un temple et à héberger une Frä Daüda ! Et les comtes eux-mêmes perdent le sourire lorsqu'ils voient traîner des devineresses à Kenningar !

Il y avait de l'amertume dans les paroles de la devineresse.

– Mais Frä Drümar, dit Mörgane interloquée, l'empire Comtal voue un grand respect à notre ordre !

Frä Drümar reposa sa tasse.

– Chère petite ! Si on nous respecte aujourd'hui, c'est en souvenir de ce que nous avons été, non pas pour ce que nous pouvons être encore. L'empire nous craint, il nous tolère mais, sois-en sûre, il ne nous aime plus…

Mörgane était atterrée. Les paroles que Frä Ülfidas avait prononcées la veille de son départ, et qu'elle n'avait pas comprises, trouvaient un écho dans celles de son nouveau professeur. Les lois de l'empire qui évitaient de s'appliquer à l'ordre, les traditions importantes qui n'étaient plus respectées… Frä Drümar allait encore plus loin : les Frä Daüda n'étaient plus que des reliques du passé ! Comment aurait-elle pu imaginer cela ?

Élevée à l'école d'Urd, dans le saint des saints, elle était jusqu'alors persuadée que l'ordre n'était que puissance, une puissance au moins égale à celle des généraux-comtes et supérieure à tout le reste !

Elle tombait de haut.

– Mais pourquoi ? articula-t-elle.

– Les Chemins Blancs, ma fille, répondit Frä Daüda en buvant de petites gorgées de thé. Avant eux, la navigation dans les Brisants était pleine de dangers et semée d'embûches. Le rôle des devineresses était capital. Depuis la création des couloirs sécurisés, où les voyages ne durent plus que quelques heures, ce rôle est devenu beaucoup moins évident. On a commencé par supprimer les temples pour mettre plus de marchandises ou de soldats. Puis des voix se sont élevées pour protester contre la présence à bord des devineresses qui, soi-disant, perturbaient l'équipage. Ridicule !

– Pourquoi... Pourquoi me dites-vous tout cela, à moi ? Je ne suis qu'une novice ! s'étonna Mörgane.

– Les illusions sont un obstacle sur le chemin de la clairvoyance, répondit mystérieusement la devineresse. Je n'ai pas besoin d'une assistante aveugle !

– Je comprends ce que vous essayez de me dire. Enfin, je crois... Mais je ne saisis pas l'attitude de l'empire à notre égard, avoua Mörgane. Nous ne prédisons pas seulement l'avenir ! Nous sommes également les gardiennes du passé, la mémoire de Nifhell, et même de Drasill ! Les comtes doivent le savoir, non ?

– Brave petite, tu as bien appris ta leçon, répondit Frä Drümar d'un ton qui doucha instantanément l'enthousiasme de la novice. Vois-tu, les souvenirs sont parfois encombrants et de nombreuses personnes influentes à Nifhell voudraient pouvoir s'affranchir du passé pour modeler l'avenir à leur guise. Heureusement, d'autres considèrent encore les Frä Daüda comme indissociables de la grandeur de l'empire...

– D'autres, comme le capitaine de Xaintrailles, par exemple ?

– Comme lui, absolument ! Vrânken a tout compris. Il faut dire qu'il fait partie des rares capitaines à s'aventurer encore dans les Brisants, à l'heure des Chemins

Blancs. La première fois qu'il l'a fait, c'était pour me tester, peu de temps après avoir reçu ce navire en héritage. J'étais la devineresse de son père. Il ne me connaissait pas bien, il voulait savoir.

– Et alors ? pressa Mörgane, prise par le récit.

– Alors, jeune novice trop curieuse, éluda Frä Drümar, nous sommes rentrés vivants à l'astroport de Skadi. Depuis, Vrânken n'a plus jamais remis en question la présence du Temple et d'une devineresse à bord de son vaisseau.

Mörgane aurait bien aimé en apprendre davantage, mais la devineresse ne semblait pas disposée à poursuivre son histoire. La jeune fille sentit qu'elle cachait quelque chose.

Frä Drümar la ramena à la réalité.

– Maintenant, Mörgane, dis-moi ce que tu vois.

Mörgane comprit que les choses sérieuses commençaient. Elle s'attendait depuis le début à un examen de passage, ou à un truc de ce genre !

Prise au dépourvu malgré tout, elle consacra quelques minutes à se concentrer.

Puis elle prit une profonde inspiration et plongea son regard dans le petit bassin qui recueillait le métal liquide de la source.

Au début, elle ne vit que son reflet, ses yeux bleus grands ouverts, ses cheveux retenus par la barrette, le col de sa robe brune de novice.

Puis, petit à petit, au fur et à mesure qu'elle ouvrait son esprit, canalisées par l'arbre qui faisait office d'antenne mystique, des images lui apparurent. Furtives. Floues. Elle n'avait jusqu'à présent pas réussi à obtenir mieux.

Elle communiqua à Frä Drümar ce qu'elle avait pu voir.

Le professeur hocha la tête.

– Nous allons travailler. Beaucoup travailler. Bientôt, tu verras plus de choses et tu les verras bien.

Mörgane acquiesça. Elle ressentait une furieuse envie d'apprendre. Pour étonner Frä Ülfidas lorsqu'elle reviendrait à Urd, pour faire honneur aux Frä Daüda, pour montrer à l'empire que l'ordre restait important ! Ou tout simplement par curiosité, la curiosité d'une jeune fille confrontée aux mystères de l'avenir…

13/ Brâg Svipdag

Comme il l'avait espéré, Mârk fut confié au corpulent cuisinier.

Brâg Svipdag, que l'équipage appelait le Gros avec plus d'affection que de méchanceté, l'entraîna immédiatement dans la cuisine.

– Mon royaume, annonça-t-il fièrement en prenant Mârk par les épaules.

La pièce était sombre. De grands fours rougeoyaient dans le fond. Une ampoule unique peinait à éclairer un vaste plan de travail métallique, et projetait des reflets sur une batterie de casseroles et de poêles méticuleusement alignées contre le mur. Mârk mit un moment à

habituer ses yeux à la pénombre. Il régnait une chaleur épouvantable.

– La lumière me fatigue, gloussa le Gros. Par contre, j'aime avoir chaud !

– Ça me va, dit Mârk.

Le garçon abandonna sa valise contre une énorme marmite, enleva sa veste et retroussa les manches de sa chemise. Brâg lui lança un tablier en riant.

– Tu comprends vite, toi !

– Transpirer ne m'a jamais fait peur, répondit Mârk sur un ton de défi.

– On t'a appris à cuisiner, dans ton centre d'apprentissage ?

– Vous allez voir !

Mârk se mit immédiatement au travail, sous le regard bienveillant de son nouveau patron.

Il prépara, à l'aide d'un couteau effilé comme un rasoir, d'énormes poulets à crête bleue de Narvh, puis passa le reste de la journée à faire rôtir les volailles dans l'un des fours. Derrière lui, Brâg Svipdag se démenait comme un beau diable autour d'un gigantesque gratin de patates rouges.

Mârk était en sueur. En s'épongeant le front avec un torchon, il jetait des coups d'œil curieux autour de lui. Cette cuisine donnait l'impression d'être à la fois en pagaille et parfaitement rangée ! Curieusement, il s'y sentait bien. Son regard accrocha, entre l'armoire des assiettes et un réfrigérateur cabossé, une cible en bois couverte d'impacts.

– Quand je m'ennuie, expliqua le Gros qui avait surpris le regard du stagiaire, je m'amuse à lancer des couteaux. Mais cela n'arrive pas souvent !

Il partit d'un grand rire et prit un couteau pointu posé sur le plan de travail. Avec adresse, il le lança contre la cible. La lame s'enfonça tout près du centre.

– Je peux essayer ? demanda Mârk avec un sourire qui allait en s'élargissant.

– Bien sûr ! Mais attention de ne pas l'envoyer contre mon pauvre frigo ! Il est assez abîmé comme ça !

Le garçon s'empara du couteau qui lui avait servi à vider les poulets. Il le trouvait bien équilibré. Il le fit sauter dans sa main, le saisit par la lame et, d'un geste précis, l'envoya sur la cible. Le couteau se planta avec un bruit franc juste à côté de celui de Brâg.

Le cuisinier émit un sifflement admiratif.

– Bravo, petit ! Tu sais que tu me plais de plus en plus ? Mais... Où as-tu appris à faire ça ?

– Au centre d'apprentissage, répondit modestement Mârk. Nous aussi, il nous arrive de nous embêter dans la cuisine !

Le Gros lui donna une claque retentissante sur l'épaule.

– Tu as bien mérité ton repas !

Il prit deux assiettes qu'il remplit de gratin. Ils mangèrent sur un coin de la table.

– Je suis content de toi, Mârk, dit le cuisinier. Tu n'es pas seulement un habile lanceur de couteaux : tu

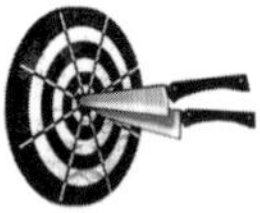

travailles vite et bien ! Bon, voici le programme pour les prochains jours : nous nous levons à l'aube pour préparer le petit déjeuner. Ensuite, on enchaîne sur le déjeuner. À midi, tu fais le service. L'après-midi, quartier libre ! Le soir, on remet ça. Pour la vaisselle, ne t'inquiète pas : ma cuisine peut sembler vétuste, mais elle est équipée de machines qui marchent très bien ! Tu as des questions ?

– Pour le petit déjeuner, je voulais savoir… Est-ce qu'il y a du nutella à bord ?

Le chef cuisinier éclata de rire. Ce goût immodéré des jeunes de l'empire pour cette paléopâte à tartiner l'étonnerait toujours.

– Bien sûr ! Avec trois stagiaires sur *Le Rongeur d'Os*, tu penses bien que je n'allais pas oublier !

Mârk sourit. Le séjour s'annonçait plutôt bien. Son patron lui faisait une bonne impression. De plus, il trouvait l'idée de l'après-midi libre épatante !

– Allons, continua le Gros, c'est assez pour aujourd'hui. Je m'occuperai du reste. Tu as gagné le droit d'aller te reposer.

Il lui expliqua comment se rendre dans sa cabine depuis la cuisine. Mârk le remercia, récupéra sa veste et sa valise, et partit.

Il déambula longuement sur le vaisseau et s'égara finalement dans le dédale des coursives.

Son errance le conduisit jusqu'au centre du navire où il buta contre une cloison blindée qui empêchait d'aller plus loin. Mârk soupira. « Bon, se dit-il, au moins je sais maintenant qu'il ne fallait pas prendre ce couloir ! »

Il fit demi-tour et faillit percuter un homme.

– Eh bien ? Qu'est-ce que tu fais là ? demanda une voix étonnée.

C'était Brâg Svipdag.

– Ah, c'est vous ! Vous m'avez fait peur ! Je cherche ma cabine ! Vous m'avez expliqué, mais je me suis perdu !

Le cuisinier gloussa.

– Tu n'as pas bien écouté, Mârk ! Ce n'est pas du tout la bonne direction !

– Je viens de m'en rendre compte, monsieur !

Brâg lui indiqua gentiment le chemin à suivre et l'accompagna même sur une partie du trajet. Mârk suivit ensuite scrupuleusement les indications du Gros et parvint enfin à la cabine.

Lorsqu'il poussa la porte, il vit qu'un garçon de son âge, un grand blond aux yeux marron, occupait déjà la chambre. Il mit un moment à reconnaître le snob de la salle d'attente de l'astroport. Il fallait avouer que, sans son déguisement, il avait l'air moins grotesque !

Cette fois-ci, Mârk l'ignora superbement.

– Je m'appelle Xâvier, dit le blond, gêné, en lui tendant la main.

Mârk haussa les sourcils.

– Ah bon ? répondit-il en regardant d'un air sceptique cette main qui s'offrait.

Xâvier la retira. Ne sachant qu'en faire, il se gratta la tête.

– Je me suis installé en bas, sur la couchette de gauche, essaya-t-il encore.

– Celle de droite me convient parfaitement, dit Mârk en posant sa valise à côté.

– La salle d'eau est petite, il n'y a que de l'eau froide, mais elle est propre.

Mârk ne répondit pas. Un silence s'installa entre eux.

– Ça s'est bien passé pour toi, aujourd'hui ? tenta Xâvier sans y croire.

– Pas trop mal, répondit-il après une hésitation. Je vais travailler en cuisine.

– Moi, je piloterai le vaisseau quand le capitaine sera trop fatigué pour le faire.

Mârk le regarda, dubitatif.

– Oui, enfin… dans mes rêves ! précisa Xâvier. Pour l'instant, je ne sais pas encore ce qui m'attend. Peut-être que l'on va me faire balayer les couloirs.

Il avait l'air si contrit que Mârk ne résista pas à l'envie de se moquer de lui.

– Si tu avais gardé ton déguisement, tu aurais pu être le bouffon du navire.

– Ce n'est pas un déguisement, s'insurgea Xâvier. À Kenningar, tous les élèves de mon collège s'habillent comme ça !

– Le collège des bouffons ?

Xâvier serra les poings. Mârk s'en aperçut et se raidit à son tour.

– Et toi, d'où tu viens pour être si drôle ?

– Du centre des apprentis, dans le vieux port, dit Mârk.

Xâvier écarquilla les yeux.

– Waou ! On raconte que les apprentis sont des durs de durs. C'est vrai ?

– Tu vois la blessure, sur ma joue ? Eh bien, c'est un coup de couteau, reçu pas plus tard qu'aujourd'hui.

– Tu te moques de moi... Tu cherches à m'impressionner !

Mârk ricana.

– Crois ce que tu veux, ça m'est égal. Par contre, je vais me coucher, parce que je suis crevé et que ce soir j'ai du boulot. J'espère que tu n'es pas du genre à faire du bruit.

– Non, bien sûr que non !

– Autre chose : j'espère aussi que tu ne ronfles pas. J'ai horreur des ronfleurs, conclut l'apprenti cuisinier d'un ton menaçant en se jetant sur son matelas et en s'enroulant dans la couverture.

– Heu... Bonne sieste, alors ! répondit Xâvier en s'empressant de baisser la lumière.

14/ Une partie endiablée

Mârk se tournait et se retournait sur sa couchette. Il n'arrivait pas à dormir. Tout était trop étrange, trop nouveau ici. Pourtant, la matinée avait été rude ! Il soupira et choisit de se lever plutôt que de perdre son temps à essayer de trouver le sommeil. Un tour à la salle de jeux, dont Brâg Svipdag lui avait montré la porte, était peut-être la meilleure chose à faire en attendant le service du soir…

La salle de jeux était vide.

Il y avait des appareils de musculation rangés le long des murs, à côté d'un tas de tapis de gymnastique et

d'un sac de frappe. Mârk s'amusa à donner quelques coups dedans.

Sur le sol, des lignes et des cercles délimitaient un terrain de paléosioule, un sport énergique et viril qui faisait fureur dans l'empire.

Enfin, trônant au centre, une table de ping-pong flambant neuve attirait le regard.

– Génial ! dit Mârk à voix haute en empoignant une raquette.

Le ping-pong — un autre de ces paléosports qui avaient traversé les siècles — était l'un des jeux les plus populaires parmi la jeunesse de Nifhell et certainement le plus pratiqué dans les écoles. Toutes les écoles.

– Tiens ! Tu es là ?

Xâvier venait de surgir dans la pièce.

– Ça ne se voit pas ? rétorqua Mârk d'un ton acide.

– Pas tout de suite, à vrai dire, dit naïvement Xâvier en s'approchant. On t'aperçoit à peine, derrière la table.

Mârk resta interloqué. Ce gosse de riche était fou de le provoquer comme ça ! En tout cas, s'il cherchait la bagarre, il allait la trouver.

– On se fait une partie ? proposa Xâvier en prenant lui aussi une raquette.

– Tu rigoles ? Je ne joue pas avec les minables.

– Les minables ? s'offusqua Xâvier. Dis donc, j'ai été champion du grand collège de Kenningar !

Mârk prit le temps de réfléchir.

– Bon, d'accord pour la partie. Mais on parie quoi ?

– Parier ? Je ne sais pas, moi ! Une... une poignée de main ?

Mârk fit la moue.

– Tu n'as pas mieux à proposer ? Alors, disons que, si je perds, je te serre la main et, si je gagne, tu fais le ménage de la cabine pendant un an.

– Aucun risque, accepta aussitôt Xâvier. Je marche !

– Allez, fils à papa, prépare-toi à ramasser la raclée de ta vie !

La partie s'engagea et se révéla âprement disputée. Les deux garçons étaient de même force.

– Je dois reconnaître, dit Xâvier en s'essuyant le front avec un coin de sa chemise, que tu te défends bien, et...

– La ferme, Xâvier le Clown ! Déballe tes tripes sur la table !

Les balles qui suivirent furent ponctuées de cris rageurs.

– Pas mal, pas mal du tout, gémit Xâvier. Je t'avais sous-estimé !

– Il faut avouer, renchérit Mârk en reprenant son souffle, que tu n'es pas qu'un vantard stupide. Prêt ? C'est à moi de servir...

– Je prends le gagnant !

Mârk et Xâvier sursautèrent.

À l'entrée se tenait la jeune fille aux grands yeux et aux longs cheveux châtains qui les avait accompagnés sur le navire.

– Je prends le gagnant, répéta-t-elle.

Les deux garçons se regardèrent et haussèrent les épaules. Ils grognèrent pour exprimer leur accord et reprirent la partie de plus belle. La présence de la fille avait apporté un nouvel enjeu. Les échanges étaient encore plus disputés.

Lorsque Mârk gagna le point décisif, Xâvier jura et jeta sa raquette sur la table.

– Tss, tss, fit la fille d'un ton réprobateur. Ce n'est pas bien d'être mauvais joueur !

Xâvier ne répondit pas et alla s'asseoir sur l'une des machines, contre le mur.

– Tu sais jouer, au moins ? s'inquiéta Mârk en la voyant prendre la raquette abandonnée.

– Ne t'en fais pas pour moi, rétorqua-t-elle d'une voix tranquille. Veux-tu te reposer un moment avant de reprendre ?

– Non, merci.

Mârk se sentit à la fois touché et vexé par cette attention.

– Je m'appelle Mârk, continua-t-il pour dissiper son malaise, et l'autre là-bas, c'est Xâvier.

– Enchantée ! Je suis Mörgane.

– Prête, Mörgane ?

– Prête.

La partie qui se déroula fut peut-être la plus courte de l'histoire du ping-pong. Le garçon ne marqua pas un point. En face de lui, une furie était sur toutes ses balles et les lui renvoyait avec une force et une précision incroyables.

– Ça alors ! s'étonna-t-il en serrant la main fine et nerveuse de Mörgane. Je n'ai jamais vu quelqu'un jouer comme toi !

– Bravo ! C'était magnifique ! s'exclama Xâvier qui, sous le coup de la surprise, avait oublié son dépit.

– Je n'ai pas beaucoup de mérite, s'excusa presque la jeune fille. Je suis une Frä Daüda, je suis habituée à deviner les choses. Même les trajectoires des balles ! On s'entraîne souvent à ça, entre novices, à l'école.

– Tu veux dire… que tu devinais où j'allais envoyer mes balles ?

Mârk n'en revenait pas. Il avait entendu beaucoup d'histoires au sujet des Frä Daüda, mais il prenait conscience pour la première fois qu'elles pouvaient être vraies.

– En quelque sorte, oui. Très légèrement à l'avance. Suffisamment pour ne pas les rater !

– Bravo ! fut la seule chose que trouva à dire Xâvier.

– Si je comprends bien, résuma Mârk, tu es imbattable au ping-pong. Et aux autres jeux ?

– Je suis meilleure que vous partout, reconnut tranquillement Mörgane. Mais pas parce que je suis une Frä Daüda.

– Pourquoi, alors ?

– Parce que je suis une fille !

Xâvier et Mârk en restèrent estomaqués. Ils faisaient une telle tête que Mörgane éclata de rire.

– Allez, dit-elle en les entraînant par le bras, je vous offre à boire dans la salle de repos !

Ils discutèrent abondamment sur le chemin, chacun s'enquérant de ce que faisait l'autre et rapportant avec force détails le contenu de cette première journée passée à bord du *Rongeur d'Os*.

Ils parlèrent aussi beaucoup de cette guerre qu'ils allaient faire contre Muspell pour libérer Planète Morte. Mais l'insouciance de la jeunesse les préservait de la peur, et cette perspective ne fut qu'un sujet de conversation parmi les autres.

Lorsqu'ils parvinrent à la salle de repos, ils étaient presque devenus amis.

Mârk et Xâvier s'affalèrent dans les fauteuils. Mörgane alla chercher au distributeur trois verres de jus multifruité.

– Je suis bien contente que vous soyez là, avoua-t-elle en leur tendant les boissons. Même si Frä Drümar, mon professeur, est gentille, elle n'est pas très drôle ! Dès que vous aurez des moments de libres, on pourra se retrouver.

– Bonne idée, dit Xâvier. Je propose un toast : à nos futures retrouvailles !

– À nous, aux stagiaires ! ajouta Mörgane en levant son verre à son tour.

– Au *Rongeur d'Os*, aussi ! compléta Mârk un rien superstitieux. Et à son capitaine !

Ils burent.

– Au fait, demanda Mörgane, vous l'avez vu, le capitaine ? On m'a dit qu'il était mignon !

– Bof, il ne faut rien exagérer. Tu en penses quoi, Mârk ?

– Je ne l'ai pas encore vu. Sûr que c'est un excellent capitaine ! C'est en tout cas ce que dit mon patron. Mais mignon ? Pouah ! C'est bien un truc de fille, ça.

– Vous êtes trop bêtes, soupira Mörgane. Bon, c'est pas tout mais j'ai des exercices de concentration à finir, moi !

– Mince ! fit Xâvier en s'affolant. J'ai failli oublier mon rendez-vous avec le chef Rymôr !

– Laissez vos verres, je les finirai, conclut Mârk en saluant le départ précipité de ses amis avec un air moqueur et en s'étirant dans son fauteuil.

Brusquement, Xâvier fit demi-tour et revint vers lui.

– Heu, au fait, pour le ménage de la cabine, pendant un an… Tu plaisantais, hein ?

Mârk eut un sourire sadique.

– Non.

– Pauvre de moi ! gémit-il. Mais je n'ai jamais fait le ménage, même dans ma chambre !

– Bah, le consola Mârk en lui tapotant l'épaule, j'essayerai d'être gentil et de ne pas laisser tomber mon goûter par terre.

Xâvier lui jeta un regard de chien battu et gagna la sortie en traînant les pieds.

– Xâvier ? le retint Mârk, qui s'était levé et l'avait rejoint près de la porte.

– Oui ?

– Je sais que j'ai gagné, mais... serrons-nous la main quand même ! J'aime les adversaires qui savent perdre et, surtout, qui n'oublient pas leur promesse.

Il lui tendit la main. Xâvier la serra, retrouvant sa bonne humeur.

15/ Appareillage

Rymôr pénétra sous le dôme de verre. Vrânken se tenait debout dans le poste de pilotage et consultait la carte du système solaire de Drasill.

– Ça ne va pas, Vrânk ?

– Hum…

Le géant connaissait suffisamment son capitaine pour sentir quand quelque chose clochait.

– Mais encore ?

Vrânken garda encore le silence un moment, avant de répondre :

– Il y a quelque chose qui m'échappe dans toute cette histoire. Plus je réfléchis et moins je comprends le plan du khan.

– Il n'y a rien à comprendre, dit Rymôr en haussant les épaules. Muspell s'en est pris à Planète Morte parce que c'est un symbole, c'est tout ! Pour quelle autre raison ? Je ne sais pas. Le khan nous lance peut-être un défi, ou bien ça ne va pas fort sur Muspell et il cherche à impressionner son peuple…

– C'est ce que pensent les généraux-comtes, confirma Vrânken d'une voix songeuse.

– Alors, tu vois ! triompha le géant.

– Non, je ne vois pas, personne ne voit ! Et c'est bien le problème ! Les généraux-comtes ne sont pas infaillibles. Ils font même fausse route, si tu veux mon avis.

L'air ébahi de son second poussa Vrânken à préciser sa pensée :

– Les généraux-comtes se sont ramollis, l'empire tout entier s'est ramolli. Nous sommes trop sûrs de nous, pleins de suffisance, nous regardons l'avenir avec dédain. Nous avons oublié qu'il faut sans cesse prouver que l'on mérite ce dont on a hérité !

– Nous sommes quand même à la tête du plus grand empire du système solaire…

– Erreur, mon vieux Rymôr ! Tu peux déjà employer le passé. Nos ancêtres étaient des loups, ce sont eux qui ont bâti l'empire. Nous sommes aujourd'hui des moutons, à la tête d'un empire fragile, et tout Drasill le sent ! À Nifhell, nous confions le pouvoir à des vieillards pétris de mauvaises certitudes, et à des minets peinturlurés dont le seul mérite est d'être riche ou d'avoir un parent influent. Là-bas, à Muspell, les enfants doivent affronter des lions à mains nues pour

être admis parmi les hommes. Imagine les épreuves qui attendent leurs officiers ! Quant au khan lui-même... Alors si un général-comte, élu pour ses beaux discours ou parce que son père était déjà général-comte, traite les gens de Muspell de barbares et leur plan d'insensé, moi je m'inquiète. Et je me demande ce qui se cache derrière.

Rymôr eut l'air ébranlé.

– Pourtant, Vrânk, tu as bien accepté cette mission...

– Parce que j'aime l'espace, mon vieil ami. J'aime le danger et la bataille ! Parce que je m'ennuie moins à bord de mon *Rongeur d'Os* que sur mes terres de Skadi. Et, surtout, termina-t-il avec un sourire de prédateur, parce qu'il y a du côté de Planète Morte un vaisseau qui arbore une pieuvre sur son étendard...

Le géant retrouva le sourire. Il préférait Vrânken en homme d'action plutôt que de discours !

– Est-ce que je fais monter les stagiaires ?

– Bien sûr ! C'est la tradition.

Rymôr héla depuis les escaliers métalliques Mârk, Mörgane et Xâvier, qui attendaient au niveau inférieur. Ils grimpèrent timidement et s'approchèrent à pas lents du capitaine, qui les accueillit avec un grand sourire.

– Jeunes gens, *Le Rongeur d'Os* va partir, et derrière lui tous les vaisseaux qui ont librement choisi de le suivre. Depuis toujours, les stagiaires viennent assister depuis le poste de pilotage à l'appareillage du navire. Profitez-en et ouvrez vos yeux : le spectacle en vaut la peine !

Vrânken gagna un pupitre de commande.

– Matelots ! Larguez les amarres ! ordonna-t-il dans un micro. Mécaniciens ! Moteur photonique à mi-régime !

Tournant le dos aux stagiaires, il prit ensuite place devant la barre.

Le navire s'ébranla dans un grincement sourd qui parcourut toute la carcasse métallique. Puis, avec pour unique fanfare le vacarme du réacteur brassant l'air humide de l'astroport, *Le Rongeur d'Os* s'éloigna du quai.

Le capitaine donna deux tours à la barre. Le vaisseau pointa sa proue vers les étoiles et prit lentement de la vitesse.

Mârk était impressionné. Presque effrayé. Décidément, son truc, c'était plutôt la terre ferme ! Heureusement, quelque chose dans les bruits du navire, dans l'attitude sereine du capitaine et dans le regard confiant du chef Rymôr le rassurait.

« Allons, se morigéna-t-il, tu vas passer trois ans de ta vie sur ce vaisseau. Il vaut mieux t'y faire tout de suite ! »

Il se força à respirer calmement.

Xâvier, lui, ressentait une émotion indescriptible. Le vaisseau semblait s'être animé, il n'était plus seulement un assemblage de machines et de tôles.

Il grondait, bougeait, fonçait à travers le ciel ! Tous ses doutes, s'il en restait, s'envolèrent instantanément : il serait pilote, et peut-être capitaine s'il parvenait un jour à posséder son propre navire !

Il regardait Vrânken comme si un dieu était brusquement apparu sur *Le Rongeur d'Os*...

Il n'était pas le seul à garder les yeux fixés sur la silhouette du jeune capitaine.

« C'est vrai qu'il est beau ! » se disait Mörgane.

Et, de fait, dans ses vêtements noirs, avec sa chevelure blonde, son visage souriant et ses yeux clairs, il ressemblait plus à un ëlfe des légendes qu'à un homme.

Elle comprit tout à coup ce qui, chez Vrânken, pouvait fasciner Frä Drümar.

Le ciel tout autour du dôme transparent était devenu sombre et s'était rempli d'étoiles.

En dessous, de plus en plus lointaine, la planète Nifhell aux vastes étendues gelées et aux océans glacés ressemblait à une grosse boule blanche.

Juste derrière eux, ils pouvaient voir les lumières bleues de centaines d'autres navires.

Tous les trois sentirent leur cœur se gonfler.

– C'est beau, hein les petits gars ! dit Rymôr en s'approchant d'eux. La flotte des meilleurs vaisseaux de Nifhell,

l'armada de l'empire ! Et puis là, devant nous, continua-t-il en se retournant et en balayant l'horizon de la main, les Brisants, Drasill, Eridan, l'espace infini !

Le géant aussi était ému.

– On ne se lasse jamais de ce spectacle, murmura-t-il en rejoignant Vrânken.

– Nous allons entrer dans les Chemins Blancs, annonça bientôt le capitaine.

En effet, comme surgi du néant, flottant dans le vide, un vortex apparut devant *Le Rongeur d'Os*. Cela ressemblait à un gigantesque entonnoir lumineux, à une spirale aux contours indistincts.

Vrânken y dirigea résolument son navire.

– Le trajet jusqu'à Planète Morte nous prendra seulement douze heures, au lieu de douze ans par les Brisants, expliqua à voix basse Xâvier à ses amis.

– Dis donc, Xâve, tu en sais des choses ! dit Mörgane admirative.

– Tu sais, les sciences spatiales, c'est ma matière préférée, alors…

– Oui, bon, ça va, grommela Mârk. Arrête un peu de frimer.

– Ça y est ! lança la jeune fille. Les Chemins Blancs !

Ils se turent.

Le temps sembla se figer.

Le ciel disparut autour du vaisseau, laissant la place à une intense lumière blanche.

– Waou ! s'exclamèrent-ils.

– Et voilà, dit Vrânken en lâchant la barre. Le système de guidage du *Rongeur d'Os* a maintenant pris le relais. Nous sommes comme sur des rails ! Nous arriverons ce soir devant Planète Morte. Je vous libère... Non, pas toi, Xâvier Augentyr : je veux te montrer plus en détail le poste de pilotage.

Xâvier déglutit de surprise puis acquiesça en hochant vigoureusement la tête.

Mârk et Mörgane quittèrent seuls le dôme.

– On va regarder un film en salle de repos ?

– J'aurais bien voulu, Mârk, mais Frä Drümar m'attend dans la salle de jeux ! Elle veut me faire faire je ne sais quel exercice...

– Tu es sûre ? Tu ne peux pas trouver une excuse ?

– Non, je ne peux pas, répondit-elle avec un gentil sourire. On se voit plus tard ?

– De toute façon, je n'ai pas le choix, hein ?

– Arrête un peu de râler ! le taquina-t-elle en s'éloignant dans la coursive. Je vais finir par croire que tu as mauvais caractère !

Mârk la regarda disparaître dans un angle.

– Maintenant, je me retrouve tout seul, alors qu'on a été avalés tout crus par ce machin flottant dans l'espace ! bougonna-t-il à voix basse. Merci les copains !

16/ Drôles de jeux

– Ici, ce sont les cadrans qui permettent de contrôler le niveau d'énergie dont dispose le vaisseau. Là, c'est l'astrocompteur qui t'indique notre vitesse. Là-bas, tu vois le clavier qui commande…

– … les technoscanners du navire, compléta Xâvier, le regard brillant.

Vrânken considéra d'un air amusé le fils du général-comte.

– Je n'ai plus rien à t'apprendre, je vois.

– Oh ! Je suis désolé, capitaine. J'ai simplement lu des trucs sur le sujet…

– Il ne faut pas se désoler de savoir des choses, mon garçon. Mais saurais-tu les mettre en application ?

– Je… en théorie, capitaine, répondit Xâvier penaud.

Vrânken éclata de rire.

– Et quel est ton domaine de compétence… théorique, jeune Augentyr ?

– Sciences et stratégie spatiales, capitaine. Avec les mathématiques et l'astrophysique, bien sûr.

– Bien sûr.

Vrânken réfléchissait. Ce garçon paraissait prometteur, Rymôr ne s'était peut-être pas trompé en lui racontant leur première entrevue, dans la cabine des stagiaires.

– J'ai envie de te proposer un marché.

– Capitaine ?

– Sais-tu jouer aux échecs ?

– Oui, capitaine !

– Si tu gagnes trois parties d'affilée contre moi, je t'accepte pour toute la durée de ton stage dans le poste de pilotage et je t'apprends des trucs que tu ne liras nulle part.

– Et si je perds ?

– Au bout de trois ans, tu seras passé maître dans l'art de balayer les coursives.

– Et si je refuse de jouer ?

– Le chef Rymôr continuera à te confier des tâches plus ou moins intéressantes.

– Vous voulez ma réponse quand ?

– Tout de suite.

Xâvier hésita, avant de hausser les épaules.

– D’accord.

Vrânken lui fit signe de l’accompagner jusqu’aux fauteuils disposés de part et d’autre d’une grande table opaque. Xâvier reconnut immédiatement un support magnétique : le jeu allait se dérouler en trois dimensions !

En effet, quand Vrânken effleura une touche, le plateau se mit à grésiller et à luire d’une faible lumière dorée.

Le capitaine saisit ensuite un exocube polymétallique, gravé aux armes de la famille Xaintrailles : un chien montrant les dents au milieu d’un croissant de lune.

Vrânken caressa du doigt l’animal. Un côté de l’exocube s’ouvrit et libéra des figurines en polymétal qui s’élevèrent rapidement dans le champ magnétique et prirent leur place au-dessus de la table.

Xâvier était impressionné. Il jouait fréquemment en trois dimensions, mais sur des écrans holographiques, avec des images lumineuses ! C’était la première fois qu’il voyait un jeu polymétallique à support magnétique. Comment le capitaine se l’était-il procuré ? Il devait valoir une fortune…

Le garçon observa l’exocube avec plus d’attention. Le métal était usé, poli par des générations de mains. Il était sûrement dans la famille Xaintrailles depuis très longtemps…

– Dans douze heures au plus tard, mon garçon, annonça Vrânken, tu auras un manche à balai entre les mains. Il ne nous reste plus qu'à savoir lequel…

Xâvier s'efforça de retrouver sa concentration.

Il ne ressentait pas d'appréhension. Juste de l'excitation, comme d'habitude avant d'entamer une partie de son jeu favori.

Il se cala dans son siège.

Peut-être aurait-il dû prévenir le capitaine qu'il avait gagné deux années de suite le fameux tournoi d'échecs interplanétaire de Kenningar…

*

Après avoir hésité un moment sur ce qu'il allait faire pour oublier ces Chemins Blancs qui l'oppressaient, Mârk décida de regagner sa cabine et d'essayer de dormir.

Cependant, comme il avait le temps, il ne prit pas le chemin le plus direct et déambula dans le navire.

Il passa devant les cabines de l'équipage. Les matelots qui n'étaient pas de quart somnolaient, écrivaient à leur famille sur un ordibureau ou jouaient aux cartes, assis sur les lits. Ils adressèrent un salut amical au garçon, qui y répondit joyeusement.

Presque tout le monde à bord du *Rongeur d'Os* connaissait Mârk. Il fallait avouer que travailler en cuisine, et faire le service en accordant des portions énormes, contribuait à votre notoriété ! Mais le stagiaire avait su, en deux jours seulement, se faire apprécier aussi pour sa gouaille et son tempérament.

Puis son errance le conduisit du côté des dortoirs réservés à l'unité d'emperogardes embarquée à Kenningar pour la durée de l'expédition vers Planète Morte.

C'était un honneur que les généraux-comtes avaient accordé à Vrânken, en lui confiant ces hommes d'élite qui, d'ordinaire, étaient affectés à leur propre sécurité ! Ils avaient pour mission principale de défendre le navire du capitaine en chef si celui-ci était capturé. Mais ils pouvaient aussi partir à l'abordage des vaisseaux ennemis.

Ils ne se mélangeaient pas à l'équipage et mangeaient à des heures différentes. Le Gros lui avait expliqué que c'était le capitaine Vrânken qui en avait décidé ainsi.

Mârk fit un signe de la main au lieutenant qui les commandait et poursuivit sa marche sans but.

Il descendit jusqu'à la salle des machines.

Il était hors de question pour lui d'y mettre les pieds : le chef mécanicien veillait jalousement sur son royaume et en interdisait l'accès à quiconque, hormis Vrânken et Rymôr. Mais Mârk aimait entendre le feulement du moteur photonique.

Il remonta ensuite sur le pont supérieur et passa par hasard à proximité de la salle de jeux. Il se rappela que Mörgane lui avait dit qu'elle y serait, pour faire des exercices avec son professeur. Il hésita. « Je glisserai juste un coup d'œil, se promit-il. Qu'est-ce qu'il y a de mal à ça ? La seule chose que je risque, c'est de me faire jeter dehors par la Frä Daüda... »

La porte était restée entrouverte. Il regarda à l'intérieur. Mörgane dansait, sous le regard attentif d'une femme vêtue d'une robe grise. Ou plutôt, elle enchaînait des postures, inspirait, expirait, se coulait sur le sol, se redressait, tout cela avec une grâce infinie. Mârk en eut le souffle coupé. Il n'avait jamais rien vu d'aussi beau.

La Frä Daüda finit par sentir sa présence. Elle tourna vers lui un regard acéré. Mörgane l'aperçut à son tour et se figea dans sa gestuelle.

Mârk recula précipitamment.

« Il ne faudrait pas que la vieille me jette un sort ! » s'inquiéta-t-il.

Il se dépêcha de quitter le secteur.

Mörgane dansait encore dans ses pensées lorsqu'il parvint jusqu'à la pièce blindée, qui occupait le centre du navire et que les matelots appelaient craintivement le Temple. C'est contre ces murs qu'il s'était heurté, au début, lorsqu'il cherchait la cabine des stagiaires.

Il savait que c'était là que la jeune fille passait le plus clair de son temps, et qu'elle pratiquait la magie mystérieuse des Frä Daüda.

Il ressentait une vraie fascination pour l'ordre des devineresses, une fascination mêlée de cette crainte superstitieuse répandue dans le bas peuple de Nifhell.

Mörgane, c'était différent.

C'était une fille de son âge, pas une de ces femmes sévères devant lesquelles on baissait le regard. À quelques détails près, elle semblait même normale. Et puis — Mârk eut un sourire de ravissement — elle était très, très jolie...

Il allait prendre enfin la direction de sa cabine lorsqu'il aperçut une silhouette qui s'approchait furtivement du Temple. Son instinct, aiguisé par une année de course-poursuite avec la bande de Gueule-en-Biais, l'incita à se fondre immédiatement dans l'ombre, dans un recoin du couloir.

Quelques instants plus tard, il reconnut Brâg Svipdag.

Celui-ci n'était plus du tout le cuisinier pataud, marchant pesamment, la bedaine en avant. Sa démarche était devenue étonnamment légère.

Il jetait des regards méfiants autour de lui.

Il s'immobilisa brusquement, dressa l'oreille puis, rassuré, s'intéressa à la porte du Temple. Il sortit de sa poche un bloc de résine mimétique qu'il appliqua contre la serrure. Il s'assura de la qualité du moulage et grogna de satisfaction.

Puis il repartit, aussi discrètement qu'il était arrivé.

Mârk souffla. Pour ne pas trahir sa présence, il avait presque cessé de respirer ! L'espace d'un instant, son patron, si gentil et compréhensif, lui avait fait peur.

Il secoua la tête. C'était étrange. Anormal. Pourquoi Brâg Svipdag se comportait-il comme un espion ?

Pourquoi s'intéressait-il au Temple ? Son cœur faisait des bonds dans sa poitrine. Il y avait là un mystère, et même plus qu'un mystère à en croire ce qu'il avait vu : une menace !

Mârk regagna rapidement sa cabine. À qui devait-il parler de cette affaire ? Qui le croirait, le prendrait au sérieux ? Le Gros était l'ami de tout le monde sur *Le Rongeur d'Os* ! Et son personnage plaidait définitivement en faveur de son innocence...

Le visage franc de Xâvier et celui souriant de Mörgane s'imposèrent bientôt à son esprit.

17/ Face-à-face

– Alors, Mörgane, que vois-tu ?

Agenouillée au pied de l'arbre translucide, la jeune fille fixait la source de métal aux reflets noirs.

C'était la deuxième fois qu'elle y plongeait son regard, et elle constata tout de suite à quel point les exercices de Frä Drümar étaient efficaces. Sa concentration avait énormément gagné en rapidité et en qualité.

Des images lui apparurent nettement.

– Je vois une multitude de navires... Ils sont immobiles... Ils attendent... Derrière, il y a une planète... On dirait une lune...

– Oui, c'est bien, très bien, Mörgane. Il s'agit sans

doute de la flotte de Muspell et de Planète Morte. Continue.

D'autres images se succédèrent, mais trop floues.

Soudain, elle vit quelque chose aussi clairement qu'elle avait vu les vaisseaux dans l'espace. Quelqu'un… quelqu'un se faisait tuer.

Une tache rouge envahit l'image et obscurcit sa vision.

Mörgane poussa un cri.

– Calme-toi, Mörgane, calme-toi, dit Frä Drümar en serrant contre elle la jeune fille qui s'était réfugiée dans ses bras.

– C'était… horrible…, hoqueta-t-elle au milieu d'un sanglot. On a assassiné une femme… sous mes yeux…

– Allons, calme-toi, répéta gentiment la devineresse. Ce que tu as vu n'arrivera sans doute jamais.

– Comment… comment ça ? renifla Mörgane.

– Même si tu commences à voir des choses, tu restes une novice, ne l'oublie pas ! Tu maîtrises encore mal tes visions. Réfléchis : que peux-tu dire sur cette femme que tu as vue ? De quelle planète est-elle ? De quelle époque ?

– Je… je ne sais pas.

Frä Drümar secoua gentiment la tête.

– Ce qui distingue une devineresse d'une novice, ma fille, ce n'est pas la qualité de sa vision. Certaines jeunes filles voient beaucoup mieux que nombre de vieilles devineresses. C'est un don de la nature, comme certaines ont des facilités pour dessiner ou pour courir. Non, la différence, c'est l'entraînement et l'expérience qui permettent d'interpréter une vision, de la situer, de lui donner un sens. Tu comprends ce que je te dis ?

– Oui, Frä Drümar, je comprends.

– D'autre part, Mörgane, la divination est un exercice extrêmement complexe, et plein d'ombres. Tu vois l'avenir, mais l'avenir est rarement écrit à l'avance. Ces morceaux de futur que nous découvrons dans l'eau sacrée de nos sources sont des éléments, des pistes, des probabilités ; en aucun cas des certitudes. Plus l'avenir est lointain, moins il est inéluctable !

– Alors personne ne va tuer la femme que j'ai aperçue ?

– Je n'ai pas dit cela. Peut-être que quelqu'un la tuera. C'est ce « peut-être » qui est important ! Mais rassure-toi, je doute que tu sois déjà en mesure de lire l'avenir avec la clairvoyance nécessaire. C'est vrai, tu sembles posséder une acuité divinatoire très forte. Tu as en plus toute l'intelligence nécessaire pour comprendre ce que tu vois. Mais seul le travail te conduira à la maîtrise des mystères des Frä Daüda !

La jeune fille fit semblant de se contenter de l'explication de Frä Drümar. Pourquoi la devineresse ne la prenait-elle pas au sérieux ? Cette vision s'était imposée à elle avec une telle force !

Elle sécha ses larmes et acquiesça. Mais, au fond d'elle-même, elle était bouleversée.

*

Le Rongeur d'Os émergea le premier des Chemins Blancs. Derrière lui, l'un après l'autre, les navires de la flotte impériale se libérèrent du vortex lumineux.

– Je crois qu'on nous attend, commenta laconiquement Rymôr Ercildur.

Au-delà du dôme en verre du poste de pilotage, les vaisseaux du khan étaient rangés en ordre de bataille, interdisant l'accès à Planète Morte.

– Combien sont-ils ? demanda le géant en se tournant vers Vrânken.

Celui-ci haussa les épaules avec irritation.

– Demande au petit génie !

En caressant son cyber-rat, le chef s'approcha de Xâvier, qui ne parvenait pas à détacher son regard du spectacle grandiose.

– Il ne digère pas sa défaite aux échecs, hein mon garçon ?

– J'en ai bien l'impression. En d'autres circonstances, j'aurais pu le laisser gagner. C'est le capitaine après tout ! Mais là, je n'avais vraiment pas le choix...

– Bah, ne t'inquiète pas, continua Rymôr, que la situation amusait énormément. Il n'est ni méchant ni rancunier. Il a juste sa fierté, c'est tout.

– Je comprends ça ! dit douloureusement le stagiaire en jetant un rapide coup d'œil en direction de Vrânken. Mais je suis embêté. J'ai eu beau lui dire que je n'avais jamais rencontré d'adversaire aussi fort que lui, on… on dirait qu'il m'en veut quand même !

Le géant partit d'un rire énorme.

– Qu'en dis-tu, Bumposh ? demanda-t-il à son animal. Notre capitaine devrait se réjouir d'avoir enfin trouvé un stagiaire digne d'être formé. Eh bien, non, il boude dans son coin comme un gosse. Si la Pieuvre savait ça, elle attaquerait sans plus attendre !

Le rat couina. On aurait pu croire qu'il riait.

– Bon, ça va, soupira Vrânken. Mais, par les Puissances, personne ne m'avait encore battu aux échecs !

Il prit position devant la barre et observa attentivement les vaisseaux ennemis, immobiles à quelques spatio-encablures.

– Alors, Xâvier ? Le chef Rymôr voudrait une estimation de leur nombre !

– Oui, capitaine ! Je l'estime à environ deux cents…

– Ils sont deux cent onze exactement.

Xâvier eut l'air stupéfait. Vrânken se retourna avec un petit sourire et lui montra un vieux compteur que le garçon n'avait vu sur aucun autre bâtiment.

– Mon navire est comme toi, plein de surprises, jeune Augentyr. Maintenant, dis-moi : combien sommes-nous ?

– Heu… environ trois cents, capitaine.

– Trois cent trente. Les deux tiers de la flotte de Nifhell. Et, surtout, ses meilleurs éléments. Alors ?

– Alors ?

– Quels enseignements tires-tu de cette situation ?

– Nous sommes largement supérieurs en nombre, capitaine.

– Bravo. Cela devrait donc être facile de reprendre le contrôle de la situation, récupérer Planète Morte et renvoyer ces voyous d'où ils viennent, après leur avoir administré une solide correction pour leur ôter toute envie de recommencer ! Un commentaire ?

– Heu… Pourquoi le khan n'a-t-il pas envoyé de flotte plus importante ? Quand on attaque, on met toutes les chances de son côté.

– Plutôt futé le gamin, hein Rymôr ? dit Vrânken en se tournant vers le géant. C'est vrai, ça ! Comment cela se fait-il que les généraux-comtes aient réussi à mobiliser plus de vaisseaux que le grand khan ?

Xâvier attendait impatiemment que le capitaine livre la solution de ce mystère. Il fut cruellement déçu.

– Qu'est-ce que tu fais encore là, toi ?

– Heu, je… vous…

– Le chef Rymôr et moi avons à parler de choses qui ne te regardent pas. Tu as quartier libre.

– Mais…, objecta le garçon.

– Tu as entendu le capitaine ? répéta Rymôr. File !

Xâvier se renfrogna. Il jeta un regard désappointé à Vrânken et disparut dans les escaliers en raclant les pieds.

– On en fera quelque chose de ce petit, si les chiens ne le mangent pas ! Pas vrai, Vrânk ? dit le géant en lui faisant un clin d'œil.

– Bon, on peut travailler, maintenant ?

La gravité de Vrânken poussa Rymôr à retrouver son sérieux.

– Tu t'interroges toujours sur les motivations profondes du khan ?

Vrânken acquiesça, pensif, avant de poursuivre :

– On ne m'ôtera pas de la tête l'idée que quelque chose cloche dans tout ça. Bon, préparons-nous plutôt pour l'offensive : je ne vois rien de mieux à faire pour l'instant. Cependant… Prudence. Gardons l'œil ouvert !

18/ Premier affrontement

Le chef Rymôr avait réuni l'équipage dans la cantine pour lui donner les dernières consignes. Vrânken venait de faire de même, par radio, avec les capitaines des vaisseaux impériaux. L'action était imminente.

Le capitaine du *Rongeur d'Os* passa une main dans ses cheveux et considéra pensivement la flotte de guerre qui lui faisait face.

Cela faisait trois générations que Nifhell et Muspell ne s'étaient pas affrontées ouvertement. Escarmouches, attaques-surprises et embuscades étaient restées courantes, mais elles ne mettaient guère aux prises que quelques navires. Pas de quoi constituer un *casus belli*.

Aujourd'hui, c'était très différent. L'histoire de Drasill entrait dans un nouveau cycle. Un cycle où l'autorité de l'empire Comtal serait systématiquement remise en question.

Il fallait donc frapper un grand coup et impressionner pour longtemps les opposants à Nifhell. Ce qui n'allait pas être facile. Car le khan n'avait pas dépêché n'importe qui. Il avait envoyé son meilleur général ! Le meilleur stratège de toute son histoire !

Il chercha des yeux le bâtiment qui arborait le pavillon de la Pieuvre et ne le trouva pas. Évidemment. Le chef de guerre de Muspell n'allait pas faciliter la tâche à ses adversaires en indiquant sa présence.

Il eut ensuite une pensée pour la garnison en poste sur Planète Morte.

– Courage, les gars, murmura Vrânken. On est là…

La silhouette massive de Rymôr émergea dans le poste de pilotage.

– Tout le monde est prêt, Vrânk. Les canonniers sont à leur poste, les emperogardes en état d'alerte. C'est quand tu veux.

Vrânken se sentit fouetté par une décharge d'adrénaline.

Il brancha le système de communication protégé qui le mettait en relation avec les trois cent vingt-neuf autres capitaines de vaisseaux de l'empire. Cette relation était à sens unique, pour éviter les contestations et les conseils qui ne manquaient jamais de fuser. Dans l'action, seul le stratège décidait.

Puis il vérifia que l'oreillette de son technophone fonctionnait bien.

– Frä Drümar ? chuchota-t-il. Vous m'entendez ?

– Aussi distinctement que l'eau de ma source, capitaine.

Rassuré, Vrânken se concentra sur ce qu'il allait faire.

C'était un moment qu'il aimait entre tous.

Il se positionna au centre du poste de pilotage. Il s'accroupit et enfonça un bouton dissimulé dans le sol. Aussitôt, le plancher opaque se nimba d'un halo doré, et un léger champ magnétique se dessina dans la pièce.

Vrânken posa sur le sol l'exocube frappé aux armes des Xaintrailles. Il effleura la lune du blason. Jaillissant de l'étrange objet, des morceaux informes de polymétal commencèrent à tourbillonner autour du capitaine, dans l'attente d'informations. Les capteurs externes du navire tournèrent à plein régime. Le polymétal reproduisit bientôt dans l'espace magnétique la forme de Planète Morte et des astéroïdes gravitant autour d'elle.

Vrânken caressa ensuite le chien gravé sur l'exocube.

Libérées, les pièces du jeu d'échecs flottèrent en masse compacte au-dessus de sa tête. Les capteurs crépitèrent à nouveau. Le polymétal se désagrégea et donna naissance à des centaines de petites boules qui, imitant la position exacte des vaisseaux des deux flottes, prirent position devant Planète Morte.

Le théâtre des opérations était monté. « Parfait ! » songea Vrânken en portant un regard presque affectueux sur le polymétal en suspension.

Il s'adressa ensuite aux capitaines par l'intermédiaire du micro global :

– Messieurs, veuillez passer en mode cybercommandé. Que vos canonniers se tiennent prêts.

Une à une, les billes polymétalliques correspondant aux navires impériaux se mirent à briller. Les autres restèrent sombres.

Vrânken fit bouger ses doigts pour les assouplir. Désormais, toute la flotte était directement soumise à ses décisions ! Il était le chef d'orchestre. Et la partition qu'il allait jouer était dans sa seule tête.

Il prit une inspiration.

Puis il commença à se mouvoir autour du champ de bataille en trois dimensions. Il saisissait les vaisseaux entre ses doigts, il les déplaçait, il en posait certains, en poussait d'autres. Et dans l'espace, dehors, répondant instantanément aux sollicitations du stratège grâce aux cybercommandes, les moteurs rugissaient et les navires bougeaient ! Les morceaux de polymétal représentant la flotte ennemie, quant à eux, se mouvaient sous les yeux de Vrânken en réponse à ses coups.

Les navires du khan étaient de vrais bâtiments de guerre. Leurs flancs étaient hérissés de canons, et ils portaient sur le dos d'impressionnantes tourelles. En face, les vaisseaux de l'empire ressemblaient davantage à des bâtiments commerciaux ou de croisière. Mais le polymétal qui les recouvrait, ainsi que la solide artillerie conçue pour repousser les pirates des Brisants, les rendaient tout aussi redoutables.

Les vaisseaux impériaux se déplaçaient dans l'espace par vagues. Leurs capitaines n'étaient plus aux commandes : depuis *Le Rongeur d'Os*, Vrânken seul décidait des manœuvres. Par contre, les canonniers conservaient toute leur indépendance.

Le *Loup-Garou*, l'un des trois cent trente bâtiments de la flotte comtale, un navire de transport de bois aux lignes robustes, se retrouva par la volonté de Vrânken en face d'un vaisseau du khan qui cracha aussitôt sur lui une pluie d'obus. Dans l'impossibilité de se dégager, les canonniers répondirent hargneusement par des tirs serrés de boulets polymétalliques. L'un d'entre eux emporta une tourelle. Une fumée s'éleva du navire de guerre. Une clameur de victoire monta parmi les matelots de Nifhell. Mais deux autres navires s'approchèrent rapidement à la rescousse du bâtiment touché. Aussitôt, les moteurs du *Loup-Garou* se remirent en marche : sur son échiquier magnétique, Vrânken avait vu le danger...

– Capitaine ? dit la voix de Frä Drümar dans le technophone. Surveillez l'aile gauche...

Vrânken ne perdit pas de temps et déplaça de nouvelles pièces.

Comme l'avait prévu la devineresse, la flotte du khan s'avança puis, devant la réaction de Vrânken, s'arrêta. Celui-ci lança une contre-attaque.

Comme s'ils avaient su ce qu'il préparait, les bâtiments adverses firent immédiatement retraite.

– Ils doivent avoir un otchigin, expliqua la devineresse. Eux aussi anticipent nos actions ! Nous luttons à armes égales... Prenez garde, capitaine, des navires vont tenter de prendre par surprise notre flanc droit.

Les mains de Vrânken se déplacèrent rapidement dans le champ magnétique. Surgissant de l'ombre de Planète Morte, neuf vaisseaux ennemis fondirent sur eux. Ils furent repoussés sans ménagements.

Vrânken fut pris d'un sentiment d'admiration extrême pour le stratège adverse. Sa réputation n'était nullement usurpée. Ses manœuvres étaient exécutées avec souplesse et rapidité. Vrânken devait vraiment lutter contre les tentacules d'un poulpe !

Il ressentit une excitation extraordinaire. Pour la première fois depuis longtemps, il avait en face de lui un adversaire qui le dépassait.

Lorsque, épuisé, Vrânken se résolut à mettre un terme à cette première confrontation, rares étaient les pertes à déplorer de part et d'autre.

Les deux flottes se firent à nouveau face.

Vrânken grimaça de déception. Même si aucun n'avait pris l'avantage sur l'autre, il avait le sentiment amer d'avoir perdu. Il avait obtenu un simple match nul, alors qu'il possédait l'équipe la plus nombreuse…

Non, en réalité, c'était Muspell qui avait gagné cette manche.

Le génie de l'amiral du khan lui apparut encore plus nettement lorsqu'il repassa dans sa tête les différentes phases de la bataille.

Il rangea les pièces de polymétal dans l'exocube et éteignit le champ magnétique. Puis il annonça dans le micro global :

– Temps mort, messieurs. Notre attaque n'a pas été décisive, mais nous n'avons rien cédé ni perdu. Je vous demande de rester en contact.

Son oreillette grésilla :

– Capitaine ?

– Oui, Frä Drümar ?

– Je ne vois pour l'instant rien d'inquiétant. Je vais prendre un peu de repos.

– Bien sûr. Mais gardez votre technophone branché, s'il vous plaît.

Rymôr s'approcha de sa démarche à la fois souple et claudicante.

– C'était magnifique, Vrânk. Chaque fois que je te vois t'agiter au sein du champ magnétique, c'est pareil :

j'ai les tripes remuées. C'est toi le meilleur !

Vrânken répondit sur un ton maussade :

– Pas cette fois, vieux. Sur ma pierre tombale, on pourra mettre au registre des scores : Vrânk contre Muspell : onze victoires, une défaite.

– Bah, essaya de le réconforter Rymôr en se grattant le crâne, ce n'est que partie remise, pas vrai ?

Le capitaine ne répondit pas, laissant le géant embarrassé.

Frä Drümar s'assit contre l'arbre translucide. Elle ferma les yeux et laissa sa tête aller contre le tronc. Se concentrer aussi longtemps sur l'avenir était épuisant.

– Ça va, madame ?

– Oui, Mörgane, j'ai juste besoin d'un peu de repos, c'est tout.

La jeune fille avait suivi toute la bataille depuis le Temple.

Elle avait vu Frä Drümar scruter la source intensément, faire le tri entre les visions qui lui venaient, avertir le capitaine de menaces qui s'étaient toutes révélées exactes.

Elle était impressionnée et éprouvait une grande admiration pour cette femme qui tenait entre ses mains, sous ses yeux, le destin de milliers d'hommes, et bien plus, d'un empire tout entier ! Elle comprit cette fois clairement au prix de quels services les Frä Daüda avaient gagné leur place à Nifhell, et quels liens pouvaient unir un capitaine et sa devineresse.

Exaltée, elle se demanda si elle ne chercherait pas, dès la fin de son stage, un capitaine encore attaché aux traditions, qui la prendrait sur son navire…

– Mörgane ?

– Oui, Frä Drümar ?

– Tu devrais aller te dégourdir les jambes. Tu ne me sers à rien, ici.

– Vous êtes sûre que ça va aller ? s'inquiéta-t-elle.

– Mais oui ! Ne t'en fais pas.

– Bon, d'accord. Mais je reviendrai au premier coup de canon !

La devineresse sourit.

– Si tu veux. Allez, file !

Mörgane sortit du Temple et décida, en refermant la porte, de partager avec Mârk et Xâvier ses impressions sur la bataille.

19/ Amertumes

Mörgane commença par se rendre à la salle de jeux, qui était vide. Elle tenta ensuite vainement sa chance à la salle de repos.

Devant l'insuccès de sa recherche, elle eut un mouvement d'humeur.

– Ils se sont cachés ou quoi ? bougonna-t-elle à voix haute.

Elle se rappela soudain l'existence de la cabine réservée aux stagiaires, à l'arrière du navire, que partageaient les garçons.

Elle s'y rendit, après s'être perdue et avoir demandé son chemin à un matelot.

Elle frappa et une voix lui cria d'entrer.

– Coucou ! répondit-elle en poussant la porte. C'est moi !

Xâvier et Mârk étaient allongés sur leurs couchettes. Ils se redressèrent en voyant Mörgane pénétrer dans la chambre.

– Salut... C'est sympa de passer, je commençais à m'ennuyer. Mârk ne décroche pas un mot depuis tout à l'heure !

– Vous avez vu quelque chose de la bataille ? demanda-t-elle en s'asseyant à côté d'eux.

– Je me suis fait expulser du poste de commandement, grimaça Xâvier.

Mârk haussa les épaules pour signifier que cela ne l'intéressait pas. Mörgane ne se laissa pas démonter.

– Moi, dit-elle en prenant un air mystérieux, je n'ai rien vu mais j'ai tout entendu...

Elle s'empressa de raconter à ses amis ce qu'elle avait vécu dans le Temple, en omettant soigneusement tout ce qui avait trait aux secrets de l'ordre.

Mârk, habitué aux histoires circulant sur les Frä Daüda dans le bas Kenningar et ouvert, comme la majorité du peuple de Nifhell, au surnaturel, fit malgré sa mauvaise humeur bon accueil au récit de la jeune fille. Mais Xâvier, pétri de sciences et de logique, réfractaire à ce qui échappait à la raison, en fut presque choqué.

– Une liaison technophonique directe et secrète entre Frä Drümar et le capitaine Vrânken ? s'étonna-t-il en faisant une moue dubitative. Une stratégie fondée sur la lecture de l'avenir ? Pourquoi pas un Gôndül dansant la valse !

– Tu n'es pas drôle, se vexa Mörgane. Si moi, une novice, j'arrive grâce à mes dons à vous écraser au ping-pong, une devineresse confirmée peut très bien aider un capitaine à mener une guerre !

– Elle a raison, dit Mârk d'un ton agressif en se portant au secours de la jeune fille. Il faut bien que les Frä Daüda aient une vraie utilité pour disposer d'une pièce comme le Temple sur *Le Rongeur d'Os* !

Mörgane lui glissa un regard reconnaissant.

– Traître, lança Xâvier. Tu abandonnes ton camp pour celui des filles !

La novice écarquilla les yeux puis explosa :

– Alors, c'est ça ? Ça t'ennuie que des femmes jouent un rôle important sur un navire ? Ou dans l'empire ? Macho débile, va !

Xâvier s'empourpra.

– Ce n'est pas ce que j'ai dit !

– Mais tu le penses, avoue-le !

– Non !

Un silence pesant s'installa dans la cabine.

Mârk poussa un long soupir.

– Un obus peut nous tomber dessus n'importe quand, on peut mourir tout à l'heure, et vous, tout ce que vous trouvez à faire, c'est vous prendre la tête pour des idioties !

Mörgane se rendit compte que Mârk était réellement tourmenté.

– Il y a quelque chose qui ne va pas ?

– Non, rien, bougonna le garçon.

– Allez, dis-moi, l'encouragea-t-elle de sa voix douce.

Soutenu par son amie, Mârk se décida :

– C'est mon patron, Brâg Svipdag. Il a un comportement louche.

– Un comportement louche ? Qu'est-ce que tu veux dire par là ?

– Je l'ai surpris en train de tourner autour du Temple avec des airs de conspirateur…

– C'est tout ? lâcha Mörgane déçue. Beaucoup de matelots font cela. Ils sont simplement curieux, et la curio…

– Laisse-moi finir, merci ! la coupa Mârk. Décidément, tu n'es pas une fille pour rien ! Toujours la bouche ouverte !

– Qu'est-ce que ça veut dire, ces mauvais reproches ? Oh, je vois ! Monsieur n'a toujours pas digéré sa défaite au ping-pong !

– Allez, Mârk, intervint Xâvier, termine ton histoire !

– J'allais dire, reprit le garçon, que Brâg Svipdag n'a pas fait que tourner autour du Temple. Il a aussi pris une empreinte de la serrure de la porte…

Cette fois, Mörgane resta sans voix.

La porte. Une porte qui s'ouvre derrière une femme. Cela lui rappelait vaguement quelque chose. Quelque chose qu'elle avait vu, dans un rêve. Non, pas dans un rêve...

Elle se sentit mal.

– Tu es sûr de ce que tu dis, Mârk ? demanda Xâvier avec gravité. On n'accuse pas les gens sans preuve.

– J'étais là, protesta l'apprenti cuisinier, caché dans le couloir ! Je l'ai vu, de mes propres yeux !

– Est-ce qu'il y a d'autres témoins ?

Mârk soupira.

– Non. J'étais seul. Ce qui m'ennuie, c'est que cet homme est mon patron, et que je l'aime bien ! Mais on dirait vraiment qu'il prépare un mauvais coup.

– C'est très possible, acquiesça Xâvier, songeur. Mais qui prévenir ? Et qui nous croira, sans témoin ?

– Et si j'en parlais déjà à Frä Drümar ? proposa Mörgane dont la voix tremblait légèrement. Je sais qu'elle m'écoutera.

– Bonne idée ! Et puis surtout, ajouta Xâvier en baissant lui aussi la voix comme s'il craignait d'être entendu, nous allons ouvrir l'œil, chacun de notre côté. Peut-être que Svipdag commettra une erreur qui lui sera fatale !

Face à ce mystère, il éprouvait un sentiment d'exaltation. Il ne s'agissait plus d'un jeu : ils étaient confrontés à un danger qui menaçait certainement le navire tout entier !

Mârk, lui, se sentait sale. Il était en train d'accuser son chef, qui avait été si sympathique avec lui. Il se demanda ce que son grand-père aurait fait à sa place. En l'absence de réponse, il soupira encore.

*

Brînx Vobranx jura. Le polymétal était moins résistant que prévu ! Attaquée par de puissants jets d'énergie, la porte blindée gémissait, brûlait et se déchirait. Elle cédait, inexorablement. Les espoirs du commandant s'envolaient avec les gerbes d'étincelles que les technochalumeaux projetaient dans la caverne. Planète Morte tomberait avant que les secours aient le temps d'arriver de Nifhell…

La porte s'effondra avec un bruit sourd.

Cachés derrière les machines, les soldats de Brînx pointèrent leurs armes en direction de l'entrée, prêts à faire feu. Le polymétal incandescent grésillait, et des volutes de fumée blanche masquaient l'ouverture béante. Les mains se crispèrent sur les fusils. Pourtant, aucun guerrier de Muspell ne s'avança dans la pièce.

Au grand étonnement des défenseurs, un drapeau blanc apparut, agité par un officier qui pénétra dans la caverne. Ce morceau de drap déchiré, récupéré sur un lit, dans une chambre qui avait peut-être été la leur, rappela brutalement aux hommes de la garnison que la base ne leur appartenait plus.

L'officier du khan parla dans la langue de l'empire :

– Soldats de Nifhell ! Nous savons que vous êtes prêts à vous battre jusqu'au bout ! Vous nous avez montré votre vaillance ! Mais nous tenons plusieurs des vôtres... Évitons un bain de sang inutile : jetez vos armes et rendez-vous ! À moins que vous vouliez avoir la mort de vos amis sur la conscience...

L'officier fit un geste. Des hommes enchaînés furent poussés jusqu'à lui. Le cœur de Brînx Vobranx s'arrêta un instant.

Parmi les prisonniers se tenait Rôlan.

Brînx ferma les yeux. Le garçon n'était donc pas mort ! Il était là, sale et meurtri, solidement attaché, mais bien vivant ! Il éprouva un immense soulagement. À cet instant, il sut avec certitude ce qu'il devait faire.

Il adressa une prière aux Puissances puis sortit de derrière le coffre qui lui servait d'abri. Il interpella ensuite ses hommes :

– Faites ce qu'il a dit ! Je prends sur moi la honte de cette reddition. Je ne sacrifierai pas dix des nôtres pour une minute gagnée en plus. Je n'aurai pas cet orgueil imbécile...

Il déposa son fusil sur le sol et s'avança vers l'officier au drapeau blanc.

– La caverne est à vous, dit-il d'un ton amer pendant que les hommes de Nifhell, après un temps d'hésitation, suivaient son exemple.

– Merci ! répondit l'officier du khan, narquois. Nous saurons en faire bon usage !

Une lueur d'incompréhension passa dans les yeux du commandant.

Le guerrier de Muspell éclata d'un rire qui lui glaça le sang.

20/ Une prémonition tardive

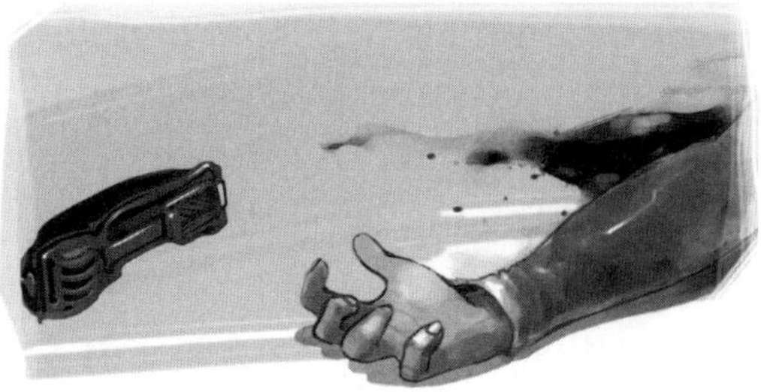

Frä Drümar passa un linge sur son front.

Elle était déjà terriblement éprouvée. Et pourtant, la campagne venait tout juste de commencer ! Combien d'autres batailles y aurait-il au cours de cette nouvelle guerre ? Serait-elle capable de tout voir, et de le voir bien ?

Elle n'avait plus l'énergie de ses vingt ans. Surtout, elle avait abusé de la vision, plongeant trop longtemps et trop souvent sa curiosité dans la source de métal.

Elle ne regrettait pas d'avoir érodé sa santé durant les longs voyages immobiles qu'elle avait faits dans le futur. Il y avait toujours un prix à payer lorsqu'on dépassait

les bornes. Et ce prix-là était, en fin de compte, peu élevé au regard de tout ce qu'elle avait vu et découvert au cours de sa vie ! Au cours de sa fuite...

Elle ferma les yeux.

D'où lui venait ce besoin de s'enfuir encore et encore, toujours plus loin, de se perdre dans les méandres de la source ? L'image d'un homme, beau comme un dieu, inaccessible comme un dieu, apparut dans son esprit.

– Vrânken, murmura-t-elle tristement.

Pourquoi était-elle restée sur ce navire ? Peut-être parce qu'elle préférait souffrir près de lui plutôt que souffrir loin de lui. Les mystères du cœur ne sont pas moins épais que ceux de l'avenir.

Lorsqu'elle avait confié ses tourments à son ancien professeur, Frä Ülfidas, celle-ci lui avait promis d'envoyer une novice pour l'aider et pour briser sa pesante solitude. La doyenne d'Urd considérait comme capital le lien unissant un capitaine et sa devineresse. L'empire n'était-il pas né de cette incroyable collaboration ?

Frä Ülfidas avait tenu parole. Elle lui avait même fait un beau cadeau en la personne de Mörgane. Cette jeune fille possédait tous les atouts pour devenir un jour une grande devineresse...

Frä Drümar soupira et arracha avec peine son dos de l'arbre artificiel.

« Allons, se fustigea-t-elle, je ne suis pas encore gâteuse ! Je suis encore capable de jouer mon rôle, et de contribuer à la victoire de l'empire ! Et à celle de Vrânken… »

Le bruit de la source la réconforta. Elle ressentit le désir de s'apaiser auprès d'elle. Elle se pencha au-dessus du miroir liquide et laissa les images affluer devant ses yeux.

Beaucoup défilèrent sans qu'elle leur prête attention. C'étaient des images secondaires, peu intéressantes ou bien trop aléatoires.

Mais, soudain, Frä Drümar tressaillit.

Quelque chose se fraya un chemin jusqu'à son esprit.

Elle retint un cri : quelqu'un se faisait assassiner.

Du sang coulait dans une pièce.

– Par le feuillage du grand arbre ! murmura-t-elle. Mörgane avait raison ! Cette petite novice a eu une véritable vision ! Quelqu'un va bientôt mourir… Quelqu'un de proche, tout près d'ici…

Elle essaya d'analyser ce qu'elle voyait de plus en plus nettement.

– Mörgane avait raison, mais pas tout à fait, continua-t-elle tout bas : ce n'est pas une femme qui se fait assassiner, c'est un homme !

Totalement concentrée et les oreilles pleines du bruit de la source, la devineresse ne se rendit pas compte que quelqu'un ouvrait la porte silencieusement derrière elle. Furtive, une silhouette entra dans la pièce et se dissimula dans un coin d'ombre.

– Un homme que je connais bien, un homme qui m'est cher et qui ne doit pas mourir…, chuchotait-elle comme en transe. Vrânken ! C'est Vrânken ! Quelqu'un va l'assassiner !

La devineresse se leva en titubant. Elle chercha des yeux le technophone qui lui permettait d'entrer en contact direct avec le capitaine.

Il lui semblait qu'elle l'avait laissé au pied de l'arbre.

Elle s'avança.

– C'est ça que tu cherches, sorcière ?

Frä Drümar ne sursauta pas. Elle avait senti la présence de l'intrus une fraction de seconde avant qu'il ne parle.

Elle se retourna.

Devant elle se tenait un homme de grande taille, corpulent, le visage rond et les yeux brillants de haine.

C'était le cuisinier du navire ! Il jouait avec le technophone de la main gauche.

– Comment êtes-vous entré ?

– Par la porte, m'dame. Il suffit d'avoir la clé. C'est pas très compliqué.

Frä Drümar aperçut un couteau dans sa main droite.

– Vous êtes venu pour me tuer ?

– Comment avez-vous deviné ? ironisa l'homme qui, aussitôt après, éclata de rire, visiblement content de lui.

Elle comprit à son regard qu'il disait la vérité. Elle vit aussi, à la façon dont le cuisinier tenait son arme, que sous une apparence joviale et tranquille se dissimulait un tueur professionnel. Elle n'avait aucune chance. C'était inutile de résister.

« Triste consolation, se dit Frä Drümar, ma petite Mörgane était dans le vrai. Ce n'est pas une seule, mais deux visions différentes que nous avons eues ! Je vais mourir, et le capitaine va mourir aussi parce que je ne pourrai pas le prévenir... »

Elle ressentit une vive amertume. Elle avait failli.

Le cuisinier s'approcha.

– Qui êtes-vous vraiment ? lui demanda-t-elle.

L'homme eut un sourire amusé.

– Mais... un cuisinier ! Un simple cuisinier. Ça ne se voit pas, avec mon couteau ?

Le sourire se transforma à nouveau en rire sinistre.

« Je vais mourir de la main d'un sombre imbécile », constata-t-elle sans éprouver d'autre émotion.

– Me direz-vous pourquoi ?

– Un navire aveugle se pilote moins bien. Une guerre livrée dans le présent est moins facile à mener...

Ces paroles furent les dernières qu'entendit la devineresse.

Brâg Svipdag laissa le corps sans vie tomber au sol. Du sang goutta sur les racines de polyverre et coula vers la source, qui se teinta de rouge.

– Une bonne chose de faite, dit joyeusement l'assassin en essuyant sa lame sur la robe grise de Frä Drümar.

Il posa le technophone au pied de l'arbre et gagna la sortie.

21/ Dans le poste de pilotage

C'est un membre affolé de l'équipage qui communiqua à Vrânken l'annonce de la mort de Frä Drümar.

Rymôr, qui était juste à côté, jura et abattit son poing énorme sur la table à cartes.

– Pauvre Drümar ! Elle ne méritait pas ça ! finit-il par dire d'une voix bouleversée.

Le capitaine, lui, ne réagit pas immédiatement. Son visage avait pris une couleur de cire.

– Rymôr, commanda-t-il. Rends-toi sur place et mène ton enquête. Qu'elle soit rapide et efficace. Et puis, fais transporter le corps de Frä Drümar dans la chambre de

technoconservation. Nous lui rendrons hommage quand nous en aurons le temps.

Il grimaça un sourire. Le temps... Le temps venait de lui fermer ses portes et coulait à nouveau aussi normalement pour lui que pour les autres !

Rymôr fut surpris par le ton froid du capitaine. Il pensait Vrânken plus attaché que cela à la devineresse. Il acquiesça de la tête et disparut dans les escaliers.

Cela faisait dix ans que Vrânken connaissait Frä Drümar. Dix ans qu'il avait hérité du *Rongeur d'Os*. Dix ans qu'il avait affronté les Brisants pour la première fois.

Il s'en souvenait comme si cela avait été hier...

Il venait de sortir major de l'Académie spatiale. Il était tout pétri de certitudes, et avait ressenti un profond agacement en constatant la présence, sur le navire familial, d'une devineresse.

Dans son testament, son père lui avait recommandé de la garder à bord, de ne pas se comporter comme les jeunes capitaines modernes. Par respect, il l'avait fait. Mais il voulait démontrer qu'il s'était trompé, et qu'un capitaine n'avait besoin que d'un vaisseau et de rien d'autre.

Il était donc parti plusieurs mois à l'aventure dans les Brisants. Et c'est là que tout avait changé. Car Frä Drümar l'avait sauvé par trois fois d'une mort certaine.

En anticipant d'abord une attaque de pirates.

En l'avertissant ensuite de l'approche d'un Tumulte, une de ces redoutables tempêtes stellaires qui détruisent les navires aussi facilement qu'une pierre brise une noix.

En découvrant enfin une mutinerie parmi l'équipage, qui voulait s'emparer du bâtiment.

Il avait échappé de justesse aux trois menaces, et avait été considérablement ébranlé par cette expérience. Autant dire que le jeune homme qui était revenu était très différent de celui qui était parti !

De retour dans ses terres du comté de Skadi, il avait convoqué Frä Drümar. Il avait mis un genou à terre devant elle et, tête baissée, lui avait présenté des excuses pour avoir douté de son utilité. Cela avait été la première et la dernière fois que Vrânken s'était incliné devant quelqu'un.

De ce jour, il était devenu un ardent défenseur des Frä Daüda et avait même suscité un mouvement favorable à l'ordre parmi les capitaines de Nifhell.

Mais il avait également surpris un regard que la devineresse lui avait lancé. Un regard pour lequel il n'était pas prêt, et qui l'avait poussé à s'éloigner d'elle. Il avait grandi, bien sûr, mais le temps avait peu à peu entériné cette étrange relation, mélange d'estime et d'amitié distante, dont ils s'étaient ensuite tous deux contentés…

Un appel sur son technophone arracha Vrânken à ses souvenirs.

– Rymôr ? Je t'écoute… Ah ?… Très bien, fais-les monter tous les trois.

Il rangea le minuscule appareil dans sa poche.

Ainsi, c'était la fille qui avait découvert le corps de Frä Drümar. Le choc avait dû être rude. D'après ce que le matelot lui avait dit tout à l'heure, le tueur n'avait pas fait dans la dentelle.

Qu'est-ce que la fille avait dit à Rymôr, déjà ? Ah oui, qu'elle savait des choses, mais qu'elle ne voulait parler qu'au capitaine, et en présence des deux autres stagiaires. Il haussa les épaules. Il aurait accédé à n'importe quel caprice pourvu que l'on connaisse la vérité !

Poussés par Rymôr, les stagiaires ne tardèrent pas à faire leur apparition dans le poste de pilotage.

Vrânken s'adressa immédiatement à Mörgane, dont les cernes sous les yeux indiquaient qu'elle avait pleuré :

– Pauvre petite… Je comprends ton chagrin. J'avais de l'estime pour Frä Drümar. Elle va nous manquer.

– Elle vous aimait beaucoup, répondit Mörgane d'une voix éteinte. C'est pour cela que je vous fais confiance et que je vais vous dire ce que je sais.

La jeune fille n'arrivait pas à oublier l'atroce découverte faite en regagnant le Temple, alors qu'elle s'apprêtait à confier à son professeur les soupçons de Mârk à propos du cuisinier. Ce sang… C'était horrible.

– Je t'écoute, Mörgane. Que veux-tu me dire ?

Elle essaya de parler à nouveau mais un sanglot l'en empêcha.

Elle tourna des yeux éplorés vers Mârk.

Celui-ci prit la parole à la place de la novice. Sa voix était hésitante.

– En fait, capitaine, c'est moi qui ai découvert quelque chose. J'ai surpris hier par hasard mon patron, Brâg Svipdag, en train de tourner autour du Temple et de prendre une empreinte de la serrure. J'en ai parlé à Mörgane et à Xâvier. On avait décidé de le surveiller, et Mörgane voulait raconter toute l'histoire à la devineresse…

Rymôr et Vrânken écoutèrent le récit du stagiaire avec attention. Lorsqu'il mentionna le cuisinier, ils échangèrent un regard étonné. Brâg Svipdag était un homme affable et consciencieux, qui faisait partie de l'équipage depuis plusieurs années !

Rymôr alluma son technophone et donna l'ordre aux emperogardes de trouver et d'amener Brâg Svipdag au poste de pilotage.

– Nous serons vite fixés, annonça le capitaine aux stagiaires. Brâg Svipdag nous fournira bientôt des explications. J'espère que tu m'as dit la vérité, mon garçon.

Mârk réagit aussitôt, piqué au vif :

– Je vous le jure, capitaine !

– Très bien. De toute façon, seules Mörgane et Frä Drümar possédaient une clé du Temple. Ton histoire a le

mérite d'expliquer comment le meurtrier a pu pénétrer dans cette pièce protégée.

– Ce qui est étonnant, intervint Rymôr, dubitatif, c'est que cette agression semble le fait d'un assassin professionnel ! Or, j'imagine mal le Gros dans ce rôle.

Vrânken leva la main pour mettre un terme à la discussion.

– Attendons le témoignage de Brâg Svipdag. Il nous expliquera peut-être pourqu…

Une sonnerie d'alerte retentit à cet instant précis.

Rymôr se précipita jusqu'aux pupitres de commandes.

– Sacrebleu, Vrânk ! La flotte ennemie… Elle vient de se mettre en mouvement !

– La Pieuvre lance son attaque, conclut sourdement le capitaine. On peut dire qu'elle choisit son moment !

« Mais oui, elle choisit son moment, bien sûr, comprit-il soudain. Elle sait ! Elle sait que nous n'avons plus de devineresse avec nous ! Frä Drümar pensait que la Pieuvre recourait aux services d'un otchigin. Ce diable de chaman a dû lire dans son maudit feu que les portes de l'avenir nous sont désormais fermées ! À moins que… L'assassinat ! L'assassinat était prévu, il était commandé ! La Pieuvre n'attendait que lui pour passer à l'action ! »

– Qu'est-ce qu'on fait, Vrânk ? demanda Rymôr en coupant le capitaine dans ses réflexions.

– On se défend et on contre-attaque, tiens, que veux-tu qu'on fasse ?

Il s'empara d'un geste rageur de l'exocube posé à côté de la barre et se dirigea au centre du poste de pilotage.

Les stagiaires, livrés à eux-mêmes, trouvèrent refuge près des fauteuils.

22/ Le troisième stratège

La flotte du khan avançait rapidement en direction des vaisseaux impériaux.

Dans le poste de pilotage rempli de lumière dorée, l'exocube avait libéré ses pièces au sein du champ magnétique réactivé.

Les stagiaires regardaient, bouche bée, la réplique du champ de bataille se mettre en place devant eux.

Vrânken s'installa en son milieu.

– On passe en mode cybercommandé, annonça-t-il d'une voix assurée dans le micro qui le reliait à tous les autres capitaines.

L'armada virtuelle de Nifhell, sauf quelques navires qui restèrent volontairement hors contrôle, brilla aussitôt autour du capitaine en chef.

« Les premières désertions ! constata amèrement Vrânken. Les autres ont encore confiance en moi. Mais sans l'aide de Frä Drümar, cela durera-t-il ? »

Les deux armées filaient dans l'espace, l'une poursuivant l'autre.

Le capitaine du *Rongeur d'Os* attendit encore un instant.

Puis il commença son étonnant ballet, plaçant et déplaçant les navires de sa flotte qui s'étaient délibérément abandonnés à sa volonté et à son génie. Il semblait tout voir et tout comprendre. Xâvier, Mârk et Mörgane étaient subjugués.

Vrânken tenta plusieurs manœuvres. Mais, anticipant ses intentions, les vaisseaux de la Pieuvre formaient des tentacules, isolaient et harcelaient les navires impériaux. Malgré une défense efficace, plusieurs vaisseaux de Nifhell furent détruits ou arraisonnés.

En quelques dizaines de minutes, Vrânken avait perdu de nombreux bâtiments.

– Par les Puissances ! ragea-t-il. C'est l'otchigin qui est avec eux. Grâce à lui, ils auront toujours un coup d'avance ! C'est fini, il n'y a rien d'autre à faire que de fuir…

Le visage tendu, il commença à lancer les navires au loin.

– Capitaine, il y a un moyen de reprendre l'avantage !

Émergeant d'une réflexion intense, Mörgane avait pris la parole.

Vrânken lui jeta un regard désapprobateur.

– Quel moyen ? Frä Drümar est morte et elle seule me permettait de lutter à armes égales avec la Pieuvre !

La jeune fille ne se laissa pas démonter. Elle continua courageusement :

– L'avenir n'est pas écrit de façon claire et définitive. Il y a de grandes chances pour que l'otchigin se concentre sur votre futur, capitaine.

Vrânken plissa les yeux.

– Mon futur ? Que veux-tu dire ? Je ne comprends rien à ce que tu racontes.

– Le futur que lit le chaman de Muspell se fonde à mon avis sur un seul critère : vos décisions. Vous êtes le capitaine en chef de la flotte de l'empire : son avenir dépend bien de vos seules décisions !

– Et alors ? intervint Rymôr que les explications de la jeune stagiaire dépassaient complètement.

– Si quelqu'un d'autre dirige la manœuvre, le chaman risque d'être pris au dépourvu.

Vrânken regarda Mörgane fixement. Celle-ci détourna le regard.

– Je crois que je comprends, finit-il par dire. Nous n'avons rien à perdre à te faire confiance. Je vais immédiatement passer le commandement en chef à un autre capitaine.

– C'est que..., hésita Mörgane. Ce n'est pas aussi simple !

Vrânken, tout en continuant à manipuler les pièces polymétalliques pour éviter à ses navires d'être mis en

morceaux, attendit patiemment qu'elle poursuive.

Elle plongea à nouveau ses grands yeux dans ceux du capitaine.

– Si vous ne prenez plus de décisions, expliqua-t-elle, le futur cesse de vous appartenir. Le chaman s'en apercevra tout de suite et cherchera ailleurs. Ça ne réglera rien ! Non, il faut que vous continuiez à commander, mais que les capitaines obéissent à quelqu'un d'autre.

– Doucement, fillette, dit Rymôr en se grattant la tête. Il y a pas mal de choses qui m'échappent. Je suis d'accord avec Vrânk pour te faire confiance, seulement ce que tu proposes est irréalisable ! Comment veux-tu que... ?

– J'ai trouvé ! dit soudain Vrânken en coupant la parole au géant. Il y a une solution ! Mais, continua-t-il en se tournant vers Xâvier, j'ai besoin de toi.

– De moi ? s'étonna le stagiaire.

– Oui, de toi. Plus précisément, du brillant joueur d'échecs que tu es ! Voici ce que nous allons faire : tu vas venir avec moi dans le champ magnétique. Pendant que je déplacerai des pièces secondaires pour égarer l'otchigin, tu dirigeras les manœuvres principales de la flotte. Je sais que c'est un jeu auquel tu joues souvent sur ton ordibureau !

Le garçon ouvrit la bouche pour protester mais aucun son n'en sortit.

C'était une terrible responsabilité ! Il allait tenir entre ses mains la vie de milliers d'hommes ! C'était trop, beaucoup trop. Et puis, surtout, ce n'était pas un logiciel de jeu qui était en face de lui : c'était la Pieuvre, la Pieuvre en personne, le stratège absolu ! Il n'avait aucune chance.

– Je… Je ne m'en sens pas capable, capitaine, gémit-il.

Vrânken lui porta un regard étonné.

– Qu'est-ce que tu racontes ? Bien sûr que tu en es capable ! Ce n'est pas plus difficile que de jouer aux échecs. Allons, ressaisis-toi, Xâvier !

– Non, je ne pourrai pas. C'est impossible, murmura le garçon en détournant la tête et en rejoignant ses amis.

Le capitaine se tourna alors vers Rymôr.

– Ne me regarde pas comme ça, Vrânk, s'excusa le géant. La stratégie, c'est pas mon truc, tu le sais très bien.

– Eh bien quoi ? s'énerva Vrânken. On va baisser les bras, alors qu'on tient peut-être la solution à nos problèmes ?

Le bruit d'une dispute les fit se retourner.

Près des fauteuils, Mârk apostrophait violemment Xâvier.

– Tu es un minable, je le savais ! Tu es le seul ici à pouvoir faire quelque chose pour nous et tu te dérobes ! Moi, à ta place, je n'hésiterais pas une seconde ! Tu me dégoûtes !

Sa voix tremblait de colère.

– Il ne faut pas lui en vouloir, dit Rymôr à Mârk en s'approchant d'eux. C'est une grande, une très grande responsabilité que peu de capitaines aguerris auraient acceptée…

– Non, dit Xâvier qui était devenu tout pâle. Il n'y a pas d'autre solution. Mârk a raison ! Je dois le faire.

Il rejoignit Vrânken devant les pièces polymétalliques et tenta un sourire.

Le capitaine ne cacha pas son soulagement.

– Si on s'en sort, tu pourras m'appeler Vrânk, comme mes amis.

– D'accord, capitaine. À la condition que vous m'appeliez Xâve…

– Dans ce cas… Oublie ce que je t'ai dit ! Tu es prêt ?

Le garçon hocha la tête.

Le capitaine prit une poignée de vaisseaux dans le creux de sa main et l'éparpilla sur sa droite.

Xâvier approcha ses doigts des pièces qui brillaient au centre. Il tremblait.

Il en prit une et la déplaça.

C'était très différent des images holographiques qu'il avait l'habitude de manipuler !

Il bougea un vaisseau, et encore un. Puis il prit de l'assurance. En même temps, un plan naquit dans son esprit.

À côté de lui, Vrânken promenait sa poignée de navires sur le champ de bataille pour faire diversion.

Rymôr jeta un coup d'œil à travers le dôme. La flotte du khan s'était arrêtée. Elle semblait désemparée.

– Ça marche ! exulta-t-il.

Xâvier se mouvait à présent de la même façon que Vrânken autour des pièces en suspension. Il fut envahi par un sentiment enivrant. Il était tout-puissant ! L'image de la Pieuvre s'estompa. Il ne luttait plus contre un immense stratège, il jouait, il jouait à un jeu terriblement excitant !

Il s'agitait au milieu du champ de bataille comme s'il avait fait cela toute sa vie.

Au terme d'une manœuvre audacieuse, les vaisseaux impériaux s'enfoncèrent comme les dents d'une mâchoire dans la ligne muspellienne.

La Pieuvre réagissait mal aux mouvements de la flotte adverse. Déjà, plusieurs navires arborant l'oiseau rouge de Muspell étaient en flammes.

L'armada du khan finit par se ressaisir. Elle se replia en ordre vers Planète Morte, où elle forma un cercle défensif et commença à repousser les assauts de l'empire.

Xâvier haletait.

La Pieuvre avait perdu beaucoup de ses navires.

Vrânken hésita à pousser l'avantage. Mais son stagiaire semblait avoir bien besoin de repos.

– Bravo, petit ! le félicita Rymôr en lui serrant la main. Tu as vraiment fait du bon travail !

– N'exagérons rien, intervint Vrânken. Ce n'était pas mal, c'est vrai. Mais tu as encore beaucoup à apprendre.

En réalité, il était impressionné. Impressionné et jaloux. Malgré la confusion de l'otchigin, la Pieuvre aurait dû se battre mieux que cela ! Mais les coups que lui avait portés ce gamin semblaient l'avoir sonnée. Alors que lui s'était contenté jusqu'alors de tenir tête au stratège du khan, ce stagiaire sorti de nulle part venait de l'enfoncer au premier affrontement !

Il en était mortifié.

Xâvier, lui, était tout à sa joie.

– Merci, chef, merci, capitaine, dit-il rouge de fierté.

Mârk s'approcha à son tour.

– Pas mal pour un fils à papa ! Désolé pour ce que je t'ai dit tout à l'heure. Mais tu m'avais vraiment énervé !

Xâvier lui serra la main avec émotion.

– C'est à toi que nous devons cette victoire, Mârk. Si tu ne m'avais pas fait honte, je n'aurais peut-être jamais osé !

Puis il lui glissa à l'oreille :

– Puisqu'on en est aux confidences... On pourrait peut-être reparler de cette histoire de ménage dans la cabine ?

– Renégocier ? Pourquoi pas ! répondit Mârk en riant. On jouera ça au bras de fer !

– Bon, et moi, on m'oublie ? intervint Mörgane les deux poings sur les hanches. L'idée du troisième stratège est peut-être sortie du cube magique, elle aussi ?

– Bien sûr que non, on ne t'oublie pas ! Comment est-ce qu'on pourrait ? soupirèrent les deux garçons en s'approchant d'elle pour la féliciter.

L'intrusion des emperogardes dans le poste de pilotage mit fin aux congratulations. Ils escortaient un homme dont le visage trahissait un profond étonnement.

– Ah, maître Brâg, nous vous attendions impatiemment ! lança Rymôr en lui faisant signe d'approcher.

23/ Un interrogatoire qui dérape

Brâg Svipdag s'avança en hésitant, suivi de près par ses gardiens.

– Qu'est-ce qui se passe ? demanda le Gros en triturant la poche de son tablier blanc. Ces soldats sont venus me chercher comme on vient prendre un voleur…

– Rassurez-vous, maître cuisinier, intervint Vrânken. Nous avons juste quelques petites choses à éclaircir ensemble.

Le regard de Brâg Svipdag se teinta d'une légère inquiétude.

– Je suis à vos ordres, capitaine, dit-il d'une voix affable.

– Vous le savez sans doute, notre Frä Daüda a été assassinée dans le Temple auquel personne n'a habituellement accès.

– Oui, je suis au courant. Pauvre femme ! Si discrète ! Elle mangeait si peu…

– Or, continua Vrânken en faisant signe à Mârk d'approcher et en le prenant par les épaules dans un geste protecteur, votre stagiaire vous a vu rôder autour du Temple et relever une empreinte de la serrure. Pour faire une clé, sans aucun doute.

Le cuisinier fixa durement le garçon qui baissa les yeux. Ce bref affrontement n'échappa pas à Vrânken.

– Pourquoi est-ce qu'il vous a raconté ça ? se plaignit l'homme. Je l'aime bien, moi, ce gosse ! J'ai été gentil avec lui ! Je ne comprends pas…

Brâg Svipdag avait l'air sincère. L'affaire risquait fort de s'éterniser, et de tourner à la confusion du garçon. Pourtant, Vrânken avait le sentiment que Mârk disait la vérité, et que le cuisinier cachait quelque chose.

Il remarqua alors que Brâg ne se contentait pas de tripoter la poche de son tablier. À l'intérieur, il jouait avec un objet. Un objet plat et de petite taille !

Il décida de tenter un coup de poker.

– Je suppose, maître Svipdag, que vous ne verrez pas d'inconvénient à ce que l'on vous fouille et que l'on inspecte votre cabine. L'assassin ne s'est sûrement pas débarrassé d'une clé aussi précieuse ! Si l'on ne trouve rien, je vous présenterai des excuses et vous pourrez retourner à votre poste.

Il fit un geste à l'intention des emperogardes.

Le cuisinier bondit brusquement en avant.

En même temps, deux billes de métal apparurent entre ses doigts. Avec une habileté diabolique, il les lança en direction de Vrânken.

– Rejoins ta sorcière dans la mort, Chien-de-la-lune ! hurla-t-il.

Les billes changèrent de forme pendant leur course et prirent l'apparence de deux grosses guêpes.

– Des cybertueuses ! beugla Rymôr.

Le capitaine lâcha un cri et s'effondra sur le sol, entraînant Mârk avec lui.

Rymôr poussa un rugissement désespéré.

– Nooooon !

Il ne parvenait pas à le croire. Vrânken, qui avait survécu à tant de batailles, Vrânken dont les pirates des Brisants et les guerriers de Muspell prononçaient le nom avec des frissons dans la voix, venait de se faire tuer bêtement, sur son vaisseau, par l'un de ses propres hommes ! C'était impossible...

Pendant que le second contemplait, stupéfait, son capitaine gisant sur le sol, Brâg Svipdag avait envoyé deux autres cybertueuses sur les emperogardes. L'escorte reflua précipitamment. Des coups de feu furent

tirés dans sa direction, mais aucun n'atteignit son but.

Rymôr s'ébroua, furieux. Il fallait faire quelque chose avant que le cuisinier ne tue tout le monde, s'empare de l'exocube ou sabote le poste de pilotage ! Il dégaina l'énorme pistolet qu'il portait à la ceinture et le pointa vers lui en jurant.

Mais l'assassin, avec une souplesse que sa corpulence n'aurait jamais laissé deviner, se précipita vers les deux stagiaires figés par la peur. Il tenta de saisir Mörgane. Xâvier s'interposa sans réfléchir. Bousculée, la jeune fille tomba à terre. Brâg Svipdag s'empara alors du garçon et lui mit son couteau sous la gorge.

– Lâche ton arme, le Boiteux ! aboya-t-il. Vous aussi, les gardes !

Brâg Svipdag appuya sa lame sur le cou de Xâvier pour montrer qu'il ne plaisantait pas.

– Faites ce que je dis, bon sang, ou je le tue !

Bumposh se réfugia sous la barbe broussailleuse de son maître. Rymôr n'hésita plus. Il lâcha son pistolet.

Les soldats l'imitèrent.

– Et maintenant ? demanda Rymôr en croisant les bras d'un air de défi.

– Maintenant ? ricana Brâg Svipdag. Je n'ai plus rien à faire ici. Sans la sorcière et sans votre capitaine, vous n'avez aucune chance contre les hommes du khan ! Comme prévu, je vais prendre l'une des exochaloupes du *Rongeur d'Os* et m'en aller. Ce gamin-là part avec moi, pour le cas où vous feriez des histoires…

Les dés semblaient jetés. Xâvier était blanc de peur.

C'est alors qu'un gémissement se fit entendre derrière Rymôr. Le corps du capitaine de Xaintrailles remua faiblement. Il était encore vivant !

Brâg Svipdag grogna de colère.

Sans lâcher son otage, il prit dans sa main libre une des terribles billes tueuses et s'apprêta à la lancer sur Vrânken.

Le géant comprit les intentions de Brâg Svipdag et réagit aussitôt. Il n'avait pas survécu par hasard à deux guerres ! Son intuition, ses réflexes et sa force l'avaient sauvé, lui et ses hommes, à de multiples reprises. En brandissant la cybertueuse, le cuisinier s'était découvert et avait offert un angle d'attaque à Rymôr. Il n'était pas question de donner une seconde chance au traître…

Le géant se laissa tomber sur le sol et roula sur le côté. Sa main actionna un mécanisme sur sa jambe artificielle, qu'il pointa en direction de l'assassin. Le talon s'escamota, dévoilant le canon d'un fusil. Il fit feu.

Brâg Svipdag fut frappé au ventre par une balle qui le projeta à plusieurs mètres. Xâvier tituba, brusquement lâché par son agresseur. Il était indemne.

– Allez chercher le médecin ! hurla Rymôr aux emperogardes en se relevant et en se précipitant vers Vrânken.

– Ça va, ça va, je vais bien…

Vrânken se redressa en toussant. Une cybertueuse avait touché son épaule gauche et l'avait réduite en miettes.

– C'est le gamin qui a tout pris…, annonça-t-il en grimaçant.

Le dos de Mârk, en effet, s'ornait d'une tache brunâtre qui allait en grandissant.

– Il a voulu me protéger…, commença-t-il à expliquer avant de tousser et de cracher un peu de sang.

Vrânken ne se trompait pas. Lorsqu'il avait vu les tueuses foncer sur le capitaine, Mârk n'avait pas réfléchi bien longtemps. Il l'avait poussé et s'était trouvé à sa place sur leur trajectoire…

Le médecin du *Rongeur d'Os* arriva rapidement. Il avait réquisitionné des matelots pour porter les brancards.

Vrânken refusa de s'allonger.

Mörgane, secouée par sa chute, s'était relevée, aidée par Xâvier qui se remettait lentement de ses émotions. D'une démarche encore mal assurée, tous deux se dirigèrent vers le brancard où Mârk avait été allongé.

En le découvrant sans connaissance, le corps à moitié recouvert d'un drap, Mörgane sentit ses yeux s'embuer.

– Tiens bon, murmura-t-elle à son oreille. Nous sommes là, Xâvier et moi. Nous ne t'abandonnerons pas…

– Le Gros est mort, cria un garde penché sur son corps.

– Il emporte ses secrets avec lui, grommela Rymôr en caressant son cyber-rat encore sonné par le roulé-boulé de son maître.

– Tu n'as pas pu t'empêcher de lui faire le coup de la patte folle, hein ?

– On fait ce qu'on sait faire, Vrânk, c'est toujours comme ça.

Les deux hommes se forcèrent à sourire. Ils savaient qu'ils avaient frôlé la catastrophe.

– On fait le point tout à l'heure, d'accord ? dit Vrânken. Je reviens le plus vite possible. Juste le temps de soigner ce bobo et d'être rassuré sur l'état du gamin !

Tenant son épaule blessée, il suivit le médecin jusqu'à l'infirmerie.

Devant lui marchaient Mörgane et Xâvier, qui escortaient leur ami inanimé.

Les corps de Brâg Svipdag et des deux emperogardes tués par les cybertueuses furent emportés dans la chambre de technoconservation, où ils rejoignirent celui de Frä Drümar. Le poste de pilotage se vida peu à peu.

Rymôr congédia les derniers soldats et les matelots venus faire le ménage.

Il avait besoin de se retrouver seul.

Il ressentait un immense soulagement de savoir Vrânken vivant. Mais il savait aussi que c'était de sa faute si son capitaine avait été à deux doigts d'y passer. Comme

c'était de sa faute si Mârk se trouvait en ce moment à l'infirmerie dans un état grave. L'équipage, tout l'équipage, était sous sa responsabilité. Du plus petit stagiaire jusqu'aux officiers de bord… Traître de Svipdag ! Qui aurait pu se douter ? Certes, il avait fini par reprendre le contrôle de la situation, mais bien tard.

Sous la lueur des étoiles, face à la présence menaçante de la flotte ennemie, le géant remua des idées sombres en attendant le retour de Vrânken…

24/ Le piège

Vrânken fit son apparition dans le poste de pilotage, son épaule blessée maintenue par une attelle régénératrice. Celle-ci lui donnait l'air d'un cyborg, une de ces créatures mi-homme mi-machine que l'empire avait mises au point un temps, avant d'abandonner le projet sous la pression des gens de Nifhell, scandalisés.

– Si tu te moques de moi, avertit Vrânken, je te colle aux arrêts !

– Pourquoi est-ce que je me moquerais ? Est-ce qu'un boiteux se moque d'un manchot ?

La boutade arracha un sourire triste au capitaine.

– Comment va le gamin ? s'enquit Rymôr d'un ton plus grave.

– Ce n'est pas brillant, mais il est hors de danger. Le médecin dit que sa convalescence sera longue.

– Pauvre petit, conclut le géant en secouant la tête. Si tous les gars de Nifhell étaient de sa trempe, ce n'est pas Drasill que nous dominerions, mais Eridan tout entière !

Vrânken dirigea son regard au-delà du dôme de verre, dans l'encre de l'espace où brillaient les feux de quelques étoiles et des vaisseaux à l'oiseau rouge.

– Que fait la flotte du khan ?

– Rien. On dirait qu'elle attend.

– Si elle attend des nouvelles de Brâg Svipdag, elle peut attendre long…

Le capitaine laissa sa dernière phrase en suspens.

Une idée venait de lui traverser l'esprit. Il se tourna vers Rymôr.

– Bien sûr, c'est évident ! Mon assassinat était programmé ! Peut-être que Svipdag ne s'attendait pas à devoir agir si vite, mais il allait le faire ! Ce traître avait pour mission de supprimer la Frä Daüda et le capitaine, les yeux et la tête de l'expédition. Maintenant, la Pieuvre attend. Elle attend le feu vert du cuisinier pour passer à l'attaque !

– Il aura du mal à le donner !

– Mais nous, on peut le faire à sa place. Et prendre l'avantage ! Imagine, mon vieux : la Pieuvre me croit

mort, elle lance son assaut en toute confiance, pensant les vaisseaux de l'empire désorganisés…

– … et elle a la surprise de sa vie ! tonitrua Rymôr. Sacrebleu, ça me plaît, Vrânk !

– Mais il y a un problème, poursuivit le capitaine à nouveau songeur. Quel signe le traître devait-il adresser à ses maîtres pour leur indiquer le bon moment ?

Les deux hommes se mirent à réfléchir.

– Je sais ! s'exclama Rymôr en tapant du poing dans la paume de son autre main. L'exochaloupe ! Svipdag projetait de s'enfuir en exochaloupe, avec le fils Augentyr en otage ! « Comme prévu », il a même ajouté.

– Parfait ! Il suffira d'en détacher une vide au moment voulu. Et pourquoi pas la charger d'explosifs, pour le cas où ses petits camarades chercheraient à le récupérer ! Nous allons localiser la Pieuvre, organiser une diversion et concentrer notre attaque sur le vaisseau amiral. Privée de son chef, la flotte du khan sera à notre merci !

– Ton plan est ambitieux, c'est sûr, mais irréalisable, soupira Rymôr. Vrânk, comment veux-tu repérer la Pieuvre sans Frä Daüda pour nous guider ?

Vrânken se fendit d'un large sourire et donna une claque sur l'épaule de son second.

– Mais, mon vieux Rymôr, nous avons une Frä Daüda à bord !

Le géant eut l'air interloqué.

– Tu veux parler de la gamine ? C'est une novice, une simple élève ! Bon sang, Vrânk, il faut être expérimentée pour lire l'avenir ! Ce n'est pas un jeu ! Frä Drümar elle-même…

– C'est peut-être une gamine, mais elle nous a sauvés tout à l'heure, rappelle-toi. Va me chercher cette novice. Je veux lui parler.

Rymôr contempla un moment son capitaine, s'apprêta à dire quelque chose puis renonça.

*

Mârk reposait sur un lit de l'infirmerie.

Il dormait, assommé par un sédatif puissant que le médecin lui avait administré après sa brève opération ; la cybertueuse avait perforé un poumon et abîmé une omoplate.

Une lampe régénératrice projetait sur les blessures refermées son étrange lumière blanche. Assis à côté, Mörgane et Xâvier veillaient le sommeil de leur ami.

– J'ai du mal à imaginer… qu'il aurait pu mourir ! avoua la jeune fille dont les lèvres tremblaient. Lorsque je l'ai vu tomber, j'ai vraiment cru que…

– C'est fini, Mörgane, il est sauvé maintenant, la réconforta Xâvier en lui prenant la main.

Elle lui rendit un sourire sans conviction.

– Je ne suis bonne que pour me pavaner devant une table de ping-pong, pas vrai ? Au premier problème sérieux, je panique, comme n'importe quelle idiote !

– Ne dis pas ça... C'est normal d'être bouleversée ! Tu penses que je ne paniquais pas, moi, avec le couteau de l'autre dingue sur la gorge ? Non, je trouve au contraire qu'on s'en est bien tirés. Tous.

Ils se turent. Les bips-bips électroniques de l'appareillage médical envahirent peu à peu l'infirmerie.

Mörgane se redressa et remit sur Mârk le drap qui avait glissé.

– Tu as raison, Xâve. On s'en est bien tirés. Après tout, le capitaine Vrânken aurait dû y passer, lui aussi. Comme Mârk. Et comme toi, d'ailleurs.

Xâvier écarquilla les yeux.

– Comme moi ?

– Qu'est-ce que tu crois ? répondit-elle en haussant les épaules. Que Svipdag t'aurait adopté, une fois parti dans l'exochaloupe ? En tout cas..., reprit-elle en baissant les yeux, je voulais te remercier.

– Ah, bon ? Heu... Mais pourquoi ?

Devant tant de naïveté, Mörgane se demanda si un garçon sans fille valait mieux qu'un capitaine sans devineresse ! Elle soupira et lui expliqua :

– Pour m'avoir protégée. Si tu ne t'étais pas interposé devant Svipdag, c'est moi qu'il aurait prise en otage...

À cet instant, la porte de l'infirmerie s'ouvrit, poussée par une main puissante. Ils s'éloignèrent brusquement l'un de l'autre, comme pris en faute.

– Mörgane ? fit la grosse voix de Rymôr. Le capitaine voudrait te parler. Toi, mon garçon, reste là ou rentre dans ta cabine, mais ne déambule pas dans le vaisseau. C'est compris ?

Xâvier hocha la tête. Il jeta un dernier regard sur Mörgane qui emboîtait le pas au géant.

Dans sa poitrine, et sans qu'il sache pourquoi, son cœur de jeune stagiaire battait la chamade.

25/ L'heure de la novice

– Approche, Mörgane, n'aie pas peur.

Mörgane fit les quelques pas qui la séparaient de Vrânken dans le poste de pilotage.

Rymôr se pencha sur la table à cartes, songeur.

– Vous m'avez fait demander, capitaine ?

Vrânken s'aperçut qu'elle gardait les yeux fixés sur l'attelle enserrant son bras gauche.

– Grâce à cet étrange bandage, mon épaule sera guérie dans moins de deux semaines, expliqua-t-il. Autre avantage : il m'empêche d'avoir mal !

La jeune fille se détendit. Vrânken chercha son regard.

En le trouvant, il connut le même moment de surprise que la fois où elle lui avait expliqué le futur. Ces yeux

étaient terriblement profonds. Ils étaient deux puits. Deux puits remplis d'une eau limpide, couleur de ciel.

« Étonnant ! se dit-il. Elle a le même regard que Frä Drümar ! »

La pureté et la maturité qu'il vit chez Mörgane le confortèrent dans sa décision.

– Mörgane, j'ai un service à te demander. Je pourrais te dire que l'empire a besoin de toi, je ne mentirais pas. Je pourrais appeler à mon secours le souvenir de Frä Drümar pour t'émouvoir ! Mais c'est un capitaine démuni qui va tout simplement te dire : aide-moi.

Les cils de la novice papillonnèrent. Elle répondit d'une voix faible :

– Je suis à vos ordres, capitaine.

– Cela risque d'être difficile pour toi. Aussi, je comprendrais très bien que tu refuses.

Mörgane garda le silence.

Le capitaine continua en gardant ses yeux dans ceux de la jeune fille.

– Je voudrais que tu retournes dans le Temple, avec le technophone de Frä Drümar, et que tu interroges les Puissances. Je voudrais que tu me dises où se cache la Pieuvre parmi tous les vaisseaux du khan.

Mörgane se força à respirer calmement. Lorsqu'elle ouvrit à nouveau la bouche, sa voix s'était affermie :

– Je le ferai. Je ne promets rien : je ne suis qu'une novice, pas une devineresse. Mais je vais essayer.

– Il y aura un garde devant la porte du Temple, précisa Vrânken pour la rassurer.

Elle grimaça un sourire.

Vrânken fit signe d'approcher à un matelot qui se tenait prêt depuis le début de l'entretien. Il était armé d'un fusil et ne posa pas de question.

Il emmena Mörgane avec lui.

– Elle a du cran, cette petite, reconnut Rymôr qui avait rejoint son capitaine.

– J'ai parfois le sentiment douloureux, mon vieil ami, de n'être qu'un gosse entouré de vrais adultes…

Il secoua la tête et se reprit :

– L'exochaloupe piégée est prête ? Nous la lâcherons dès que Mörgane aura repéré la Pieuvre. Parce qu'elle va réussir, j'en suis sûr ! Fais monter Xâvier, aussi : nous allons avoir besoin de lui. Ce serait trop bête d'être trahi par mon propre avenir…

Mörgane referma la porte derrière elle et donna un tour de clé. Puis elle se retourna.

C'était elle qui avait découvert le corps de la devineresse. Elle était allée donner l'alarme. Elle avait soigneusement évité, depuis, de passer à proximité du Temple.

Maintenant, c'était différent.

Non seulement elle y était entrée, mais elle allait devoir s'agenouiller devant la source, à l'endroit même où Frä Drümar était tombée.

Puis il lui faudrait fouiller les eaux sombres aux reflets métalliques à la recherche d'images imprécises, sans savoir ce qu'elle allait découvrir.

Elle réprima un long frisson.

Elle fit quelques pas en direction de l'arbre de polyverre.

La place avait été nettoyée. Plus rien n'indiquait qu'un drame terrible s'était joué ici, quelques heures plus tôt.

– Par les feuilles de l'arbre sacré ! murmura Mörgane. Je ne pourrai jamais. C'est trop dur…

Elle chercha en elle la force de tenir la promesse qu'elle avait faite au capitaine.

En vain.

Ses pensées s'attardèrent alors sur Vrânken, sur le regard qu'il lui avait porté. Son cœur s'était mis à battre plus vite. De la même façon que lorsqu'elle avait surpris Mârk en train de la regarder danser, ou lorsque Xâvier avait touché sa main, dans l'infirmerie. Non, différemment ! Elle ne savait plus. Si elle était encore novice en divination, elle l'était encore plus pour les sentiments ! Tout s'embrouillait en elle.

Elle respira un grand coup. Ce qu'elle savait, c'est qu'elle n'avait pas envie de décevoir Vrânken.

L'image du visage de Frä Drümar surgit ensuite dans sa tête.

Elles avaient eu si peu de temps pour apprendre à se connaître, et à s'apprécier ! Pourtant, ce peu de temps avait suffi. La devineresse lui avait parlé comme à une adulte, lui avait appris et révélé des choses comme personne auparavant ne l'avait fait. Et puis... Mörgane avait deviné ce que son professeur éprouvait pour le capitaine. Elle se sentit encore plus proche de Frä Drümar.

Alors pour elle, pour sa mémoire, elle devait remplir son devoir de Frä Daüda. Ne pas rompre le lien unissant les capitaines et les devineresses. Continuer de prouver à l'empire qu'il avait besoin des Frä Daüda.

Elle s'agenouilla au pied de l'arbre et plongea dans la source un regard décidé.

– Silence ! cria Vrânken pour calmer l'agitation qui s'était emparée du poste de pilotage avec l'imminence de l'action. Silence !

Les hommes présents sous le dôme de verre se tournèrent vers le capitaine et se figèrent. Celui-ci avait fermé les yeux et protégeait avec une main l'oreillette de son technophone.

– Ça y est ! annonça-t-il. Mörgane croit avoir repéré la Pieuvre !

– Elle croit ou elle est sûre ? s'inquiéta Rymôr.

– Elle croit qu'elle est sûre, je ne peux rien dire d'autre.

– Ce n'est pas terrible ! gronda le géant.

– C'est tout ce que l'on a, répondit durement Vrânken. Écoute, mon vieux, je suis le capitaine et je dis que

nous allons suivre les intuitions de Mörgane.

– D'accord, Vrânk, d'accord, se rendit Rymôr. Je ne dirais pas que j'éprouve la même confiance aveugle que toi dans les visions de la petite, mais nous n'avons pas de meilleur plan. Et puis, sacrebleu, tonitrua-t-il, c'est un beau coup de poker, et j'aime le poker !

– Si je peux me permettre d'interrompre votre passionnante conversation…, intervint Xâvier qui se tenait à côté du capitaine. On peut savoir sur quel vaisseau se cache la Pieuvre ?

– Dis donc, gamin, rugit Rymôr, un peu de respect ! Tu veux partir dans l'exochaloupe avec les explosifs ?

– Calme-toi ! Xâvier a raison, reconnut Vrânken. Il est temps d'agir. Lieutenant ?

L'officier des emperogardes s'approcha.

– Capitaine ?

– Vos hommes sont-ils prêts ?

– Ils le sont, capitaine.

– Parfait.

Il brancha le micro qui lui permettait de s'adresser à tous les capitaines de la flotte de l'empire.

– Messieurs, il s'est passé depuis notre dernière conversation beaucoup de choses dont vous aurez le détail plus tard. Sachez que nous allons bientôt passer à l'action, et que cette action sera décisive. Je vous demande encore une fois d'obéir aux ordres émanant du *Rongeur d'Os*, même s'ils ne sont pas directement donnés par moi ! C'est important ! Tenez-vous prêts.

Il coupa la communication.

– Xâvier, tu as à ta disposition une flotte entière pour opérer une diversion, *Le Rongeur d'Os* pour s'approcher de la Pieuvre et une unité d'élite prête à s'en emparer. C'est à toi de jouer !

– Capitaine, répondit anxieusement le garçon. Si vous ne me dites pas où elle se trouve, j'aurai du mal à m'en occuper !

– Bien sûr ! Que je suis bête ! dit Vrânken, moqueur.

Il s'approcha et lui chuchota quelques mots à l'oreille.

Xâvier eut l'air étonné. Mais déjà une stratégie s'élaborait dans sa tête. Lorsque tout fut clair en lui, il s'installa devant la barre et promena son regard au milieu des étoiles.

– C'est bon, annonça-t-il, on peut y aller. Larguez l'exochaloupe !

– Tu ne préfères pas brancher d'abord le champ magnétique et mettre en place les pièces de l'exocube ? s'étonna Vrânken.

– Ce n'est pas la peine, répondit Xâvier sans hésiter.

Le vaisseau de secours fut éjecté dans l'espace en direction de la flotte du khan. Rymôr ne s'était pas trompé : comme si elle n'attendait que ce signal, l'armada de Muspell se mit en mouvement.

– Messieurs, ordonna Xâvier dans le micro général, les instructions sont simples : pas de mode cybercommandé

cette fois-ci. Vous affronterez directement les vaisseaux du khan sur la base de vos seules initiatives ! Nous avons simplement besoin de quelques heures de tranquillité. Nous comptons sur vous...

Il débrancha le micro et se tourna vers Rymôr.

– Mon vieux Rymôr, dit Xâvier en imitant le capitaine, nous mettons quant à nous le cap sur Planète Morte, où se tiennent depuis le début de la bataille la Pieuvre et son état-major !

26/ Le repaire de la Pieuvre

La flotte du khan, sûre d'elle, fondit sur les vaisseaux impériaux. Ceux-ci, suivant à la lettre les instructions de Xâvier, contre-attaquèrent dans le plus grand désordre. L'exochaloupe larguée par *Le Rongeur d'Os* ne tarda pas à être récupérée par les hommes de Muspell, et la lumière intense et brève d'une explosion envahit bientôt l'espace.

– Ça y est, commenta Vrânken tandis que son vaisseau faisait route vers Planète Morte. Ils ont trouvé notre petit cadeau !

Soudain, un navire ennemi se détacha des autres et fonça sur eux.

– On nous a pris en chasse, annonça calmement Rymôr.

C'était un navire de grande taille, massif et trapu. Il lança immédiatement une première salve d'obus, qui s'écrasèrent sur *Le Rongeur d'Os* sans parvenir à entamer l'étrange matière qui le recouvrait. Le crève-Brisants tangua sous le choc. Vrânken le redressa d'un coup de barre.

– On veut jouer à ça ? Très bien !

Le Rongeur d'Os était beaucoup plus maniable que son agresseur. Sous la poigne habile du capitaine, il évita deux autres bordées et parvint à se placer juste au-dessus du lourd bâtiment. Xâvier n'en perdait pas une miette. Avec un mélange d'envie et d'admiration, il observait Vrânken qui manœuvrait son vaisseau de son seul bras valide.

– Rymôr, lâche les exobombes ! commanda le capitaine.

Le géant pianota sur un clavier. Une porte coulissa sur le ventre du vaisseau, libérant une dizaine de bidons qui flottèrent un moment dans le vide avant de converger vers le navire de guerre. Vrânken fit hurler le moteur photonique et donna plusieurs tours à la barre. *Le Rongeur d'Os* plongea. Au même moment, les exobombes explosèrent, déchirant la coque d'acier du bâtiment de Muspell.

– Il faut plus d'un navire pour venir à bout du Chien-de-la-lune, grommela Vrânken entre ses dents tout en reprenant la direction de Planète Morte.

La surface désertique apparut bientôt aux occupants du *Rongeur d'Os*.

Dans le ciel noir, au-dessus d'eux, des éclairs de lumière indiquaient que les combats faisaient rage.

Le vaisseau fonçait maintenant de toute la puissance de ses moteurs en direction de la base construite par l'empire.

– Et si la Pieuvre et son équipage s'étaient réfugiés dans le complexe souterrain ? s'inquiéta le géant en se tournant vers Vrânken.

– Je ne crois pas, répondit-il. Les bâtiments de surface offrent une vue avantageuse sur le champ de bataille.

– Là ! Regardez ! cria Xâvier.

Ancré au pied d'un énorme rocher, un navire de Muspell arborait, peint sur les flancs, l'oiseau rouge du khan. Au sommet d'une antenne flottait le pavillon de la Pieuvre.

– Gagné ! rugit Rymôr.

– Il n'y a personne à bord, indiqua le matelot en charge des technoscanners.

– Alors, vieux sceptique, dit Vrânken d'une voix joyeuse, que penses-tu des prévisions de notre petite novice ?

– Bon bon, ça va, bougonna le géant. Maintenant, si tu veux bien me laisser faire mon travail…

Le second entra en communication avec les canonniers de l'équipage.

– Les gars, je veux voir des gros trous dans le navire qui se cache en dessous !

Les canons du *Rongeurs d'Os* crachèrent aussitôt leurs boulets de polymétal, qui transformèrent le vaisseau de la Pieuvre en carcasse fumante.

– C'est imprudent de garer son véhicule en dehors du parking ! dit Rymôr en s'esclaffant.

Puis *Le Rongeur d'Os* survola lentement la petite cité qui avait hébergé la garnison impériale.

Des traces récentes de destruction confirmèrent que Planète Morte avait été brutalement prise d'assaut.

Xâvier s'inquiétait. Un autre navire de la flotte du khan n'allait-il pas s'attaquer encore à eux ? Mais un coup d'œil sur les écrans des radars le rassura : aucun bâtiment n'était signalé en approche. Les capitaines de l'empire se débrouillaient bien !

Le Rongeur d'Os essuya un tir en provenance de la tour qui abritait autrefois le poste de commandement.

– Les technoscanners confirment la présence d'êtres vivants là-dedans, annonça le matelot.

– Ils sont ici ! dit Vrânken en se frottant les mains. Et ils sont peu nombreux ! Je suis sûr que la Pieuvre n'a jamais prévu que nous puissions venir la déloger dans son repaire ! Je mettrais ma main au feu qu'elle ne dispose que d'une garde rapprochée… Ça va être un jeu d'enfant ! Lieutenant ?

– Oui, capitaine ?

– Nous allons prendre cette tour. Je veux des prisonniers, uniquement des prisonniers. Est-ce que c'est clair ?

– Parfaitement clair, capitaine.

L'officier, sanglé dans son armure de polymétal léger et équipé d'un casque à oxygène, s'empressa d'aller rejoindre ses hommes dans les entrailles du vaisseau.

– Xâvier, as-tu déjà vu des emperogardes en action ?

– Heu, oui, capitaine, sur l'écran de mon ordibureau...

– Ne dis pas de bêtise et regarde. C'est impressionnant.

Une vingtaine de grosses torpilles jaillirent des flancs du *Rongeur d'Os*, qui s'était immobilisé au-dessus de la tour. Elles percutèrent l'objectif en plusieurs points.

– Chaque exotorpille peut contenir jusqu'à trois soldats, expliqua Vrânken au stagiaire. La tête est conçue pour forer tous les types de parois. Ensuite, elle s'ouvre et les emperogardes sont à pied d'œuvre. Voilà, il ne reste plus qu'à attendre !

Sous la direction de Rymôr et l'œil attentif des canonniers, *Le Rongeur d'Os* prit de la hauteur et inspecta les alentours. Mais rien ne bougeait, et les technoscanners confirmèrent l'absence de vie en dehors de la tour.

La radio qui assurait la liaison avec le chef du commando crachota :

– Capitaine ! La zone est sous contrôle et totalement sécurisée. J'ai aussi une bonne nouvelle à vous annoncer : nous tenons la Pieuvre !

– Ils tiennent la Pieuvre ! manqua s'étrangler Vrânken. Bravo, lieutenant ! Préparez notre appontage.

Il frétillait.

C'était un grand jour pour l'empire ! Ils tenaient le grand stratège du khanat de Muspell ! La campagne de libération de Planète Morte allait se transformer en un formidable succès.

– Que fait-on, Vrânk ? On balance l'information sur grandes ondes ?

– Pas tout de suite. Attendons d'être sûrs.

Le Rongeur d'Os s'amarra au ponton de la tour. Les emperogardes raccordèrent avec un tunnel de polyverre le sas du navire à celui du bâtiment. Vrânken fut le premier à l'emprunter, de son pas souple et rapide.

On le sentait impatient…

27/ Fin de partie

Les emperogardes avaient réuni les prisonniers dans le vaste hall du rez-de-chaussée. Des meubles renversés et des débris tombés des murs attestaient que la garnison en poste sur Planète Morte avait défendu la base avec acharnement.

Comme Vrânken l'avait prévu, une poignée seulement de guerriers de Muspell étaient présents dans la tour. Vaincus et attachés, ils jetaient des regards à la fois fiers et haineux aux officiers de l'empire.

Dans un coin, des hommes et des femmes vêtus d'une simple tunique de toile se serraient peureusement les uns contre les autres. Le khanat aimait asservir les planètes

sous son contrôle, et il était fréquent de trouver des servants jusque sur les navires de guerre. Vrânken renifla de mépris. Sa première décision serait de renvoyer ces pauvres gens chez eux.

Enfin, au centre de la salle, entouré de cinq officiers, se tenait un homme d'une cinquantaine d'années.

Il portait sur sa veste les galons de général du khan. Grand, mince, le visage dur évoquant celui d'un rapace, il toisa Vrânken avec un sourire plein d'arrogance.

À côté de lui, un vieillard portant un manteau sale et usé s'appuyait sur un bâton noueux.

– La Pieuvre..., murmura le capitaine en s'approchant. Et l'otchigin, son devin !

Il planta ses yeux étincelants dans le regard sombre du stratège de Muspell.

– Je suis ravi de vous rencontrer enfin, général. La chance tourne, on dirait !

L'homme se contenta d'un geste du menton en direction de l'épaule blessée de Vrânken. Le vieillard à côté de lui cracha sur le sol et ricana.

– Oui, général, oui, sorcier, votre homme a presque réussi à me tuer. Tout comme vous avez presque réussi à me vaincre. Mais presque, ce n'est pas suffisant... Rassurez-vous, nous aurons l'occasion d'en discuter : les prisons disposent d'un parloir, à Nifhell ! Lieutenant ?

– Oui, capitaine !

Vrânken s'avança vers l'officier qui avait mené ses hommes à l'assaut de la tour et lui serra la main.

– Bravo pour cette opération parfaitement menée ! Des pertes ?

– Non, capitaine. Mais nous avons trouvé des membres de la garnison impériale enfermés dans les sous-sols de la tour. Certains sont blessés.

– Faites venir le médecin de bord. Et commencez l'inspection de nos installations : les hommes du khan y ont peut-être laissé traîner quelques mauvaises surprises ! Rymôr ?

– Oui, Vrânk ?

– Diffuse la nouvelle : la Pieuvre est entre nos mains ! Essaye d'obtenir l'arrêt des combats. Et, dès que possible, demande à l'un de nos navires parmi les plus confortables de nous rejoindre. *Le Splendide* par exemple. Il y a ici de pauvres gens brimés par le khanat et de courageux soldats de l'empire qui méritent du repos…

*

Xâvier ressentit un vif plaisir en voyant Mörgane apparaître dans le poste de pilotage. Il se précipita vers elle et fut accueilli avec un sourire.

– Tu n'es pas trop fatiguée ?

– Ça va, merci.

– Tu veux t'asseoir ?

– Non, je préférerais marcher, plutôt.

Le garçon jeta un coup d'œil interrogateur au matelot resté sous le dôme de verre. Celui-ci répondit par un signe de tête approbateur.

– Viens, Mörgane, je t'offre une promenade !

Xâvier prit la jeune fille par la main et l'entraîna dans les escaliers.

Quelques instants plus tard, ils quittaient *Le Rongeur d'Os* et traversaient le tunnel translucide.

Des emperogardes les arrêtèrent à l'entrée du hall où avaient été regroupés les prisonniers. On leur interdit d'aller plus loin.

Désappointés mais terriblement curieux, ils décidèrent de rester dans le couloir. Mörgane regarda dans le ciel, par l'une des fenêtres.

– J'ai vu dans la source des images terribles, murmura-t-elle. Des navires éventrés, des hommes qui hurlaient.

– C'est fini, lui dit Xâvier, tout est fini. Grâce à toi, nous avons capturé la Pieuvre, et la flotte du khan s'est rendue…

L'annonce de la capture de la Pieuvre par *Le Rongeur d'Os* avait eu un effet immédiat sur la flotte de Muspell. Un navire émissaire avait hissé le drapeau blanc. Les vaisseaux qui avaient survécu à l'impitoyable affrontement s'étaient rangés derrière lui.

En face, l'empire accusait des pertes lui aussi. Elles étaient moins lourdes, mais une partie de la flotte comtale était quand même partie en flammes au cours de la bataille.

Les combats avaient été violents. Rares étaient ceux qui avaient eu la chance de pouvoir quitter les bâtiments en perdition à bord d'une exochaloupe...

– Et maintenant ? demanda Mörgane en se tournant vers son ami.

– Maintenant, nous allons laisser les emperogardes sur Planète Morte et nous allons rentrer à Nifhell avec les prisonniers.

– Tout ce monde va monter à bord du *Rongeur d'Os* ?

– Non. Seulement la Pieuvre, le sorcier qui l'accompagne et le commandant de la garnison en poste ici au moment de l'attaque du khanat. Les autres iront sur un bâtiment plus gros.

Répondant effectivement à la demande de Vrânken, tandis que l'armada impériale arraisonnait un à un les navires de Muspell, un énorme vaisseau apponta à son tour sur Planète Morte.

– Le sorcier ? s'exclama Mörgane. Tu veux dire qu'un otchigin va embarquer avec nous ? Mais c'est génial !

– Ah, bon ?

– Mais oui ! Les otchigins lisent l'avenir dans le feu ! Par les feuilles de l'arbre sacré, j'aimerais bien voir comment il fait !

– Je ne comprends rien à ce que tu racontes.

– Je t'expliquerai, éluda-t-elle.

– J'y compte bien, se vexa Xâvier.

– Méchant boudeur, va ! continua-t-elle, moqueuse. Alors, rien ne se passe ici sans que tu sois au courant ? C'est toi le nouveau capitaine ?

– Heu, non, dit Xâvier, mais quand on reste dans le poste de pilotage, on entend forcément tout ce qui…

– Chut, fit-elle en se retournant. Je crois qu'il se passe quelque chose !

28/ Bumposh

C'était un brouhaha dans le couloir qui avait attiré l'attention de Mörgane.

Le capitaine du *Splendide*, le fier navire d'apparat qui venait de se poser, arrivait avec sa suite.

L'homme était de haute taille, gras, vêtu richement comme tous les nobles de l'empire. Son entrée dans le hall fut fracassante. Il était accompagné d'une dizaine de courtisans qui se pressaient autour de lui en jacassant.

– Alors, où est-elle cette Pieuvre, qu'on lui torde un peu le cou ? déclama-t-il d'une voix haute et aiguë.

– Capitaine de Vergueil, je vous attendais, dit Vrânken en s'avançant vers lui.

– Ah ! Capitaine de Xaintrailles ! Bravo ! Quel stratège vous êtes ! Vite ! Des applaudissements !

Les courtisans se mirent à taper dans leurs mains en gloussant.

Rymôr leva les yeux au ciel.

Mörgane et Xâvier étaient stupéfaits.

– Mon cher Xaintrailles, reprit le capitaine de Vergueil, je suis très honoré d'avoir été choisi pour recevoir, au nom de toute la flotte impériale, vos remerciements et vos félicitations pour les exploits que nous avons accomplis là-haut, dans l'espace infini, et…

Vrânken l'arrêta d'un geste.

– Vous vous trompez, capitaine. Je vous ai fait venir parce que votre vaisseau est l'un des derniers à être encore intact. Vos cybercommandes étaient sans doute défectueuses !

– C'est-à-dire… oui, nous avons eu un problème technique qui…, bredouilla Vergueil.

– Vous prendrez à votre bord les guerriers prisonniers, ainsi que les valeureux soldats de la garnison de Planète Morte qui, eux, se sont battus pour l'empire jusqu'à leurs dernières forces.

Le capitaine de Vergueil prit un air outré.

– Vous accueillerez également avec le plus grand respect et dans le meilleur confort, mais je peux vous faire confiance sur ce point ! les hommes et les femmes employés comme servants sur le vaisseau de la Pieuvre. Des questions ?

– Oui, monsieur de Xaintrailles ! Pourquoi… ?

– Vous pouvez disposer, capitaine. Je vais faire procéder à l'embarquement de vos hôtes.

Le ton sec de Vrânken dissuada son interlocuteur d'ouvrir à nouveau la bouche. Vergueil tourna les talons, sous les sourires narquois des emperogardes.

Rymôr lui adressa un geste provocateur. Le noble haussa les épaules et disparut dans le couloir.

Mörgane et Xâvier pouffèrent.

– Rassure-moi, Vrânk, il est le seul de son espèce, hein ?

– Hélas non, mon vieux Rymôr. Mais il reste quand même beaucoup d'hommes de valeur à Nifhell, heureusement. Quant à ce Vergueil… C'est quand même le pire ! Bon, on fait monter ces gens et on décolle. Planète Morte n'est pas l'endroit où je rêve de passer des vacances.

Les emperogardes étaient prêts à escorter les guerriers et les officiers du khan jusqu'au *Splendide*. La trentaine de soldats de la garnison impériale libérée leur emboîtèrent le pas.

– Commandant Vobranx ? Brînx Vobranx ?

Un des hommes se retourna. Il semblait épuisé. Sa moustache et une partie de son visage étaient tachées de sang. Il portait un bandage autour du crâne.

– Capitaine ?

– J'aimerais que vous me fassiez l'honneur de m'accompagner sur mon propre navire.

Le commandant Vobranx secoua la tête.

– C'est très aimable à vous, monsieur. Mais je n'abandonnerai pas mes hommes maintenant.

En prononçant ces mots, il posa sa main sur l'épaule d'un garçon encore couvert de poussière, qui se tenait à côté de lui.

– Dans ce cas, commandant, dit Vrânken, je vous invite vous et vos hommes à gagner *Le Rongeur d'Os*. L'escouade d'emperogardes restant sur Planète Morte, j'ai la place de vous accueillir tous. Le confort sera moindre que sur *Le Splendide*, mais je vous promets une conversation et des attentions moins… futiles !

– C'est très aimable à vous, capitaine. Dans ce cas, j'accepte bien volontiers !

Puis ce fut au tour des servants de passer devant Vrânken.

– Pauvres gens ! compatit le géant qui l'avait rejoint. Pourquoi l'empire ne contrôle-t-il pas toutes les planètes de Drasill ? Cela mettrait un terme à toute cette misère !

– L'empire a déjà du mal à garder dans son giron celles qu'il protège et…

Vrânken fut interrompu par les cris stridents de Bumposh.

Le cyber-rat s'était dressé sur l'épaule de son maître et semblait affolé.

– Qu'est-ce qui se passe, Rymôr ?

– Un truc pas normal, grommela le géant.

Rymôr sortit son énorme pistolet de sa ceinture.

– Plus personne ne bouge ! Restez tous où vous êtes ! Lieutenant, faites intervenir vos hommes !

Les emperogardes se déployèrent immédiatement autour des personnes présentes dans la salle et les mirent en joue.

Un grand silence se fit.

– Bon sang, Rymôr ! Tu vas me dire ce qui se passe ?

– On est en train de nous jouer un sale tour. La Pieuvre va s'échapper !

– S'échapper ? Tu délires, vieux ! Regarde, poursuivit Vrânken en montrant du doigt le prisonnier : le général est entravé et gardé par trois soldats !

– Mon Bumposh ne se trompe jamais, Vrânk. Fais-moi confiance.

Les guerriers de Muspell, déjà dans le couloir, furent ramenés dans le hall, ainsi que les hommes du commandant Vobranx.

Tout le monde fut regroupé au centre, sous la surveillance vigilante des emperogardes.

– Le chef Rymôr est devenu fou ! souffla Xâvier à son amie depuis le couloir où ils observaient la scène.

Le géant se mit à déambuler entre les groupes. Il caressait l'animal et murmurait à son oreille :

– Alors, mon Bumposh, il y a quelque chose qui te tracasse ? Montre à papa, montre !

Il passa à côté de la Pieuvre, qui lui jeta un regard inquiet.

– Celui-là nous cache quelque chose, hein Bumposh ?

Mais le rat tournait la tête ailleurs.

Rymôr continua d'avancer. Il approcha du groupe des servants.

Bumposh couina.

– C'est là ? C'est là qu'il y a un problème ? Dis-moi, Bumposh !

Soudain, l'œil noir du cyber-rat brilla d'excitation. Il se mit à cracher en direction d'une jeune femme qui baissait la tête, cachée derrière les autres.

Rymôr l'attrapa par le bras et la tira à lui.

– Allez, ma belle, montre-toi un peu.

De taille moyenne, elle avait peut-être dix-huit ou dix-neuf ans. Sa tunique de servante cachait mal un corps délié, sportif et hâlé. Une longue chevelure rousse tombait sur ses épaules.

De la main, Rymôr l'obligea à lever la tête. Son visage, aux traits fins, était d'une grande beauté. Ses yeux verts jetèrent des éclairs.

– Eh bien, ça ! lâcha le géant. Vrânk ?

Le capitaine accourut.

– Mon cher Vrânk, annonça Rymôr, je te présente la Pieuvre. La vraie !

De l'autre côté de la salle, le général se raidit. L'otchigin quant à lui laissa échapper un gémissement sinistre.

– Incroyable ! s'exclama Xâvier dans son coin. Ce rat est vraiment télépathe !

29/ Alyss

Vrânken resta un long moment immobile en face de la fausse servante qui lui tenait crânement tête.

– Serait-ce possible ? murmura-t-il. La Pieuvre, cette fille ?

– Tiens tiens, ironisa Rymôr. Voilà maintenant que tu mets en doute la valeur des gamines !

– Et l'autre, là-bas, avec ses galons de général ? C'est un leurre ?

– C'est un complice. Qui est sans doute général pour de bon, d'ailleurs.

Vrânken prit le temps de réfléchir.

– Très bien. On poursuit l'embarquement. Fais monter cette fille sur *Le Rongeur d'Os*, avec le général et l'otchigin. Je découvrirai le fin mot de l'histoire !

Le second donna des ordres.

Le mouvement amorcé auparavant reprit, sous la vigilance accrue des emperogardes.

Le Splendide fut le premier à décoller, suivi peu après du *Rongeur d'Os*. Vrânken avait tenu à passer en revue les emperogardes, qui allaient rester sur Planète Morte jusqu'à ce que l'empire envoie sur place une nouvelle garnison.

– Tu y crois, toi, à cette histoire de fille qui serait la Pieuvre ?

– Oui, Xâve, j'y crois. Même si j'étais loin, j'ai bien vu comment elle soutenait le regard du capitaine. On aurait dit que, même vaincue, même démasquée, elle le défiait encore !

Les deux stagiaires marchaient côte à côte dans les coursives du vaisseau. Xâvier avait l'air pensif.

– Moi, ça me paraît bizarre, finit-il par avouer.

– Pourquoi ? Parce que c'est une fille ?

– Eh bien, c'est-à-dire que… Non ! Mais…

– J'ai compris, va, s'énerva Mörgane. Monsieur ne supporte pas de savoir qu'il existe un autre génie précoce ! Tu es décidément impossible !

– Tu te trompes, s'offusqua Xâvier avant de reprendre,

doucereux : mais toi, peut-être n'es-tu pas indifférente au fait que notre capitaine soit subjugué par cette beauté surgie de nulle part ?

Elle ne répondit pas, haussa les épaules et accéléra l'allure. Xâvier courut pour la rattraper.

– Mörgane, excuse-moi, je ne voulais pas te...

La stagiaire mit un doigt en travers de ses lèvres pour lui intimer le silence. Ils arrivaient devant l'infirmerie et Mârk dormait encore.

Xâvier ne se trompait pas sur l'effet que l'inconnue avait produit sur le capitaine. Alors que Vrânken avait enfermé le général et son sorcier dans une des cellules du *Rongeur d'Os*, il avait transféré son paquetage chez Rymôr et offert sa propre cabine à la fille rousse. Sensible à cette marque de respect, elle l'avait remercié et lui avait donné son nom avant de refermer la porte. Vrânken avait chargé un matelot de monter la garde et s'était rendu dans le poste de pilotage.

En chemin, il pensait à ce nom qui lui avait tout de suite plu et à la voix chaude, aux accents de Muspell, qui l'avait prononcé : Alyss...

– Alors, Vrânk ?

– On s'occupera de résoudre le mystère de la Pieuvre en route. L'essentiel est d'avoir gagné la guerre et mis un frein, pour longtemps j'espère, aux ambitions du khan !

– Que fait-on des vaisseaux prisonniers ?
– On garde pour nous les meilleurs bâtiments. On désarme les autres, on y entasse les guerriers de Muspell et on les renvoie chez eux. Le khan sera furieux !
– Cela risque de prendre du temps.
– Nous en avons. Fais comme j'ai dit.
Rymôr s'empressa d'aller communiquer aux officiers impériaux la décision de Vrânken. Le capitaine retomba aussitôt dans ses rêveries.

*

Il faisait nuit sur Muspell.
La grande steppe, écrasée le jour par une chaleur torride, se réveillait doucement. Les herbes se redressaient, les arbustes ouvraient leurs feuilles à la recherche d'un peu d'humidité. Les animaux se hasardaient hors de leurs terriers, quittaient leurs repaires et partaient en chasse ou en quête d'eau.
Sous sa grande tente de feutre, le khan goûtait lui aussi à la fraîcheur nocturne.
Il avait réuni quelques amis parmi les plus fidèles chefs de tribu, et ceux-ci, allongés sur des coussins de soie, se faisaient verser du thé par une servante.
La conversation avait porté sur les récentes courses de chevaux-serpents, qui avaient vu la victoire d'un petit clan de l'autre bout de la steppe.

Elle avait ensuite dévié sur des problèmes de sources taries et de champs revendiqués par plusieurs familles.

Elle s'était ensuite déplacée sur les planètes contrôlées par le khanat et les difficultés croissantes que les guerriers de Muspell rencontraient pour y maintenir l'ordre.

– Cela ne durera pas, avait répondu Atli Blodox avec un sourire. Bientôt, tout Drasill s'apercevra que l'empire ne vaut plus rien. Muspell régnera en seul maître, et gare à ceux qui se lèveront contre nous !

Une sonnerie discrète retentit. Le khan empoigna son technophone.

– J'attendais justement des nouvelles..., annonça-t-il à ses amis. Oui ?

Atli Blodox hochait la tête au fur et à mesure de la conversation.

– C'est ennuyeux. Mais cela ne dérange pas nos projets.

Son visage s'éclaira peu à peu. Il passa une main sur son crâne rasé.

– Parfait ! Maintenant, coupez tout !

Il raccrocha.

– Mes amis ! L'armada impériale envoyée par les stupides généraux-comtes est finalement venue à bout de notre flotte, et Chien-de-la-lune a réussi à capturer notre Pieuvre... J'ai donné l'ordre à nos guerriers cachés dans les profondeurs de Planète Morte de lancer

la deuxième phase du plan. Mes amis ! Buvons à la victoire inéluctable du grand khanat de Muspell !

Il éclata d'un rire joyeux, ovationné par les chefs de tribu présents. Ses yeux gris étincelaient.

Sur la poitrine nue du guerrier secouée par l'hilarité, on aurait dit que l'oiseau rouge tatoué allait s'envoler.

30/ Les Chemins Blancs

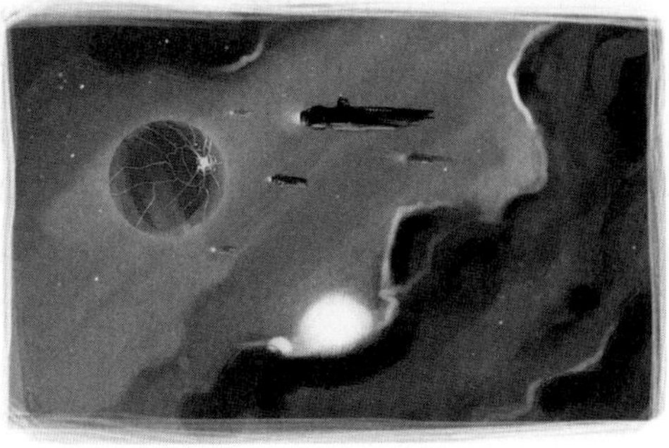

Les transferts d'équipages entre navires de Muspell, ainsi que le désarmement de ceux que l'empire ne ramenait pas sur Nifhell, prirent, comme Rymôr le craignait, plus de temps qu'il aurait aimé.

Pour ne rien arranger, une information inquiétante était parvenue jusqu'au géant : la plupart des vaisseaux du khan étaient de vieux modèles. Qu'est-ce que cela voulait dire ? Le khanat disposait pourtant de navires récents !

Il hésita à communiquer son inquiétude à Vrânken, puis renonça. Le capitaine avait l'air totalement absorbé par d'autres pensées. Si cela n'avait tenu qu'à lui, il

aurait regagné Nifhell au plus vite ! Mais, et Rymôr le savait, la décision de Vrânken s'appuyait sur une incontournable réalité : l'armada de l'empire restait constituée de vaisseaux libres, commandés par des capitaines libres qui n'auraient pas compris que l'on ne ramenât pas d'une campagne victorieuse quelques prises de guerre…

Enfin, la flotte impériale fut prête à partir.

– Messieurs, dit le capitaine dans le micro qui le reliait encore aux autres navires de la flotte, cap sur les Chemins Blancs ! Nous fêterons notre victoire chez nous, parmi ceux que nous aimons !

La communication était à sens unique, mais Vrânken imaginait très bien les cris de joie qu'une telle annonce avait dû provoquer.

– En route, mon vieux Rymôr !

– Ce n'est pas trop tôt ! soupira le géant en s'activant sur le pupitre de commande.

Au même moment, *Le Rongeur d'Os* fut chahuté comme un bateau pris dans une vague.

– Qu'est-ce qui se passe, bon sang ? hurla Vrânken en se retenant à la barre.

– Ça vient de Planète Morte, capitaine, cria un matelot.

Un nuage de poussière gigantesque s'élevait au-dessus de ce qui avait été la base. Une terrifiante explosion venait de tout détruire.

– Par les Puissances ! s'exclama Vrânken. Les emperogardes ! Les malheureux…

– Sacrebleu ! rugit Rymôr. Regarde !

Devant leurs yeux incrédules, les Chemins Blancs se troublèrent, s'effacèrent puis s'éteignirent lentement.

Le chemin du retour n'existait plus.

– La Pieuvre ! Elle avait piégé la base ! Elle a fait sauter les installations souterraines !

Ivre de rage, Vrânken se précipita hors du poste de pilotage.

– Pauvres de nous, murmura Rymôr effondré.

Vrânken, furieux, pénétra sans frapper dans la cabine où il avait placé la jeune inconnue démasquée sur Planète Morte. Il l'interpella sans ménagements :

– Si tu es la véritable Pieuvre, tu sais ce qui se passe ! Tu vas tout me dire !

Alyss était assise sur l'unique couchette de la pièce.

Elle s'était douchée et avait enfilé un pantalon et une chemise de Vrânken. Elle peignait doucement ses longs cheveux roux.

Elle tourna vers le capitaine un sourire tranquille qui l'apaisa aussitôt.

– Bien sûr que je sais, Chien-de-la-lune.

Puis elle planta ses grands yeux verts, d'un vert sombre, dans ceux de Vrânken.

– Vous n'êtes d'ailleurs pas au bout de vos surprises,

ajouta-t-elle sans rien perdre de son calme.

Le technophone sonna dans la poche de Vrânken. Il mit du temps à répondre. Il ne parvenait pas à détacher son regard de celui d'Alyss.

– Oui ? finit-il par dire.

– Vous devriez venir tout de suite, capitaine, lui répondit la voix du matelot en poste sous le dôme de verre.

Vrânken éteignit son technophone et le rangea machinalement. Il hésita, regarda encore la jeune femme qui affichait un sourire amusé, puis quitta précipitamment la pièce.

– C'était quoi, ça ?

– Je n'en sais rien, répondit Mörgane en remettant en place les objets que l'onde de choc avait fait tomber dans l'infirmerie. Si j'étais dans le Temple, je pourrais peut-être te répondre, mais ici…

– On devrait aller voir. Qu'en penses-tu ?

Secoué, Mârk se mit à bouger dans son lit. Il gémit. Mörgane lui prit la main.

– Tout va bien, Mârk, on est là.

Elle jeta un regard à Xâvier.

– On ne va pas l'abandonner, quand même ?

– Non, bien sûr ! se récria-t-il. De toute façon, qu'est-ce qu'on pourrait faire ? Et puis, si on a besoin de nous, Rymôr nous fera chercher…

Vrânken apparut sous le dôme de verre. Rymôr se précipita vers lui.

– Vrânk ! Où étais-tu parti ? On vient de recevoir un message de Nifhell, envoyé juste avant que les Chemins Blancs ne soient coupés. Écoute...

Le matelot responsable des transmissions mit en route l'enregistrement.

– Ici le général-comte Egîl Skinir. Ceci est un message prioritaire pour le capitaine Vrânken de Xaintrailles : cessez les combats autour de Planète Morte et rentrez de toute urgence à Nifhell avec la flotte ! Une escadre de navires de guerre arborant l'oiseau rouge de Muspell s'approche de notre planète ! Nous ne sommes pas en mesure de faire face sans vous ! Je répète : nous ne sommes pas en mesure de...

Le message se coupait net à cet instant.

La foudre serait tombée aux pieds de Vrânken qu'elle n'aurait pas produit plus d'effet.

– Comment ? finit-il par lâcher. Comment est-ce possible ?

– Un piège énorme, hoqueta Rymôr. La flotte que nous avons battue était un leurre, un ramassis de vieux bâtiments. L'attaque de Planète Morte, les affrontements, notre victoire, la capture de la Pieuvre, tout cela était sans importance. On voulait simplement nous éloigner de Nifhell ! Tu avais raison de te poser des questions, Vrânk, tu étais le seul... On nous a tendu un piège, répéta-t-il encore avant de se laisser tomber dans

l'un des fauteuils et de caresser machinalement Bumposh qui tremblait sur son épaule.

– Mais ces vaisseaux du khan devant Nifhell, à l'autre bout de Drasill ? continua le capitaine abasourdi. Enfin, Rymôr, on aurait dû les voir ! Les Chemins Blancs transitent tous par Planète Morte ! Bon sang, une flotte de cette importance, ça ne passe pas inaperçu !

Désemparé, le géant fit un geste pour signifier qu'il ne comprenait pas non plus.

Vrânken s'obligea à respirer profondément.

Il y avait certainement une explication ! Il secoua la tête. Pour l'heure, ce n'était pas le plus important.

L'empire avait commis une terrible erreur.

Les généraux-comtes s'étaient laissé abuser par le piège diabolique que Rymôr venait de mettre en évidence, et lui même, le capitaine en chef, malgré ses réticences, avait plongé tout entier dedans !

Que fallait-il faire maintenant ?

Il devait y avoir une solution, oui, il y en avait forcément une.

Il tourna son regard dehors, vers les étoiles.

Jamais elles ne lui avaient paru si lointaines.

lisez la suite dans

Le Secret des abîmes

LES MAÎTRES DES BRISANTS/II

Table

L'auteur

Erik L'Homme est né le 22 décembre 1967. Il passe son enfance dans le pays de Dieulefit et en garde un goût prononcé pour la nature. De hauts diplômes universitaires en poche, il part sur la piste de l'homme sauvage entre la Chine et l'Inde. À peine rentré, il embarque pour les Philippines, à la recherche du trésor abandonné par les Japonais fuyant les Américains lors de la Seconde Guerre mondiale. Au cours de cette aventure, il échappe de peu à une terrible éruption volcanique. Revenu en France, il s'attaque à la rédaction d'une thèse de doctorat d'histoire et civilisation, puis travaille plusieurs années comme journaliste. Et c'est en 2000 qu'il se lance dans l'écriture d'une trilogie pour la jeunesse, « Le Livre des Étoiles », qui connaîtra l'immense succès que l'on sait.

L'illustrateur

Benjamin Carré est né en 1973 dans la région parisienne. Après des études d'arts graphiques à l'école Penninghen, il dessine pour des jeux de rôle, puis pour des couvertures de romans SF. Le jour, il est maintenant designer chez Darkworks, qui développe des jeux vidéo. La nuit, il illustre des romans et donne vie à des BD. Ses créations graphiques ont été célébrées en 2001 par le Prix Vision du futur et par le Grand Prix de l'imaginaire.

Du même auteur

Aux éditions Gallimard Jeunesse

LE LIVRE DES ÉTOILES

I. *Qadehar le Sorcier*

II. *Le Seigneur Sha*

III. *Le Visage de l'Ombre*

CONTES D'UN ROYAUME PERDU

(Illustré par François Place)

LES MAÎTRES DES BRISANTS

II. *Le Secret des abîmes*

Dans la même collection

FIN AOÛT, DÉBUT SEPTEMBRE
Jean-Paul Nozière / N° 1

L'aventure et l'amitié peuvent-elles suffire à renverser le cours du destin ? Une fin d'été qui est aussi une fin d'enfance.

MARIE-BANLIEUE
Martine Delerm / N° 2

Une histoire simple et poétique, où l'amour de l'écriture peut conduire à la découverte de soi et des autres.

RAPT À BRANCHECOURT
Yves Hughes / N° 3

Pour les amateurs de mystère et d'humour, une plongée au cœur du Moyen Âge à vous couper le souffle… de rire.

ROCAMBOLE ET LE SPECTRE DE KERLOVEN
Michel Honaker / N° 4

Vous avez dit rocambolesque ? Entre Arsène Lupin et Fantômas, le premier épisode d'une série où le mystère le dispute à l'aventure la plus échevelée.

Dans la même collection

J'AI PENSÉ À VOUS TOUS LES JOURS
Loupérigot / N° 5

Peut-on choisir sa famille ? Un roman grave et fort sur la séparation.

DE L'AUTRE CÔTÉ DU CIEL
Évelyne Brisou-Pellen / N° 6

Comment les hommes de la préhistoire imaginaient-ils l'univers ? Par l'auteur des aventures de Garin Trousseboeuf, une quête haletante où magie et réalité s'affrontent.

L'ATTRAPE-MONDES
Jean Molla / N° 7

Un roman d'aventures fantastiques qui vous emportera dans les arcanes d'un jeu vidéo. Attention, vous ne disposez que de trois vies !

LE BOURREAU DE LA PLEINE LUNE
Michel Honaker / N° 8

Une intrigue palpitante, un héros plein de fantaisie et les beaux yeux d'une damoiselle pour un formidable polar médiéval !

POIDS PLUME
Nicky Singer / N° 9

Une rencontre peut-elle changer votre vie à jamais ? La réponse émouvante et drôle d'un garçon pas comme les autres.

GUERRE SECRÈTE À VERSAILLES
Arthur Ténor / N° 10

Un voyage insolite et palpitant dans les coulisses de Versailles au temps de Louis XIV.

JEREMY CHEVAL
Pierre-Marie Beaude / N° 11

Au cœur du grand Ouest américain, une fabuleuse aventure pleine de rencontres et de découvertes.

CACHE-CACHE MORTEL
Michel Grimaud / N° 12

Entre suspense policier et intrigue familiale, une histoire trépidante et tendre à la fois.

Dans la même collection

ROCAMBOLE
ET LES MARIONNETTES DE LA MORT
Michel Honaker / N° 13

Où l'on retrouve le génial Rocambole, dans un nouvel épisode de ses palpitantes aventures contre le crime et l'injustice.

COMMENT DISPARAÎTRE
ET NE JAMAIS ÊTRE RETROUVÉ
Sara Nickerson / N° 14

Le récit insolite et envoûtant d'une héroïne qui décide à douze ans d'aimer la vie coûte que coûte.

LA BALLADE DE CORNEBIQUE
Jean-Claude Mourlevat / N° 15

Une fable drôle et survitaminée, pleine de tendresse et de poésie.

MYSTÈRE ET CRAPAUDAILLE
Yves Hughes / N° 16

Après RAPT À BRANCHECOURT, *une nouvelle aventure désopilante du jeune serviteur Millefeuille et de son fidèle cheval Petit-Pet.*

MARCUS ET LES BRIGANTES
Alice Leader / N° 18

Un roman au réalisme fascinant
pour vivre avec les Romains
la riche histoire de leurs conquêtes.

ROCAMBOLE ET LE PACTE DE SANG
Michel Honaker / N° 19

Menée tambour battant, une nouvelle
aventure rocambolesque du Fantôme
de Paris.

LE GARDIEN
Malcolm Peet / N° 20

Aux rythmes du football et de la forêt
équatoriale, le récit envoûtant
d'un héros magnifique.

LA TROISIÈME VENGEANCE DE ROBERT POUTIFARD
Jean-Claude Mourlevat / N° 21

Et si le maître d'école détestait les enfants ?
Une histoire méchamment drôle
pour savourer les coups les plus tordus
et les situations les plus atroces.

Dans la même collection

CHEVALIERS DE LA LICORNE
Yves Hughes / N° 22

*Suivez l'irrésistible Millefeuille
dans sa nouvelle enquête et percez peut-être
le fabuleux mystère de la licorne.*

MORTELS NOËLS
(LES ENQUÊTES DE VIPÉRINE MALTAIS)
Sylvie Brien / N° 23

*Une héroïne pleine de charme et de malice
dans l'ambiance mystérieuse d'un pensionnat
québécois. Suspense et humour garantis !*

PIÈGE EN FORÊT
Laurence Ink / N° 24

*Un roman d'aventures palpitant dans la nature
sauvage du Grand Nord*

EMBROUILLES À MA FAÇON
Alain Wagneur / N° 25

*De l'histoire de famille à l'intrigue policière :
le récit captivant d'un garçon pas comme
les autres.*

ROCAMBOLE ET LE DIABLE
DE MONTROUGE
Michel Honacker / N° 26

Du sang à la une ! Une affaire diabolique ! Fauvette en danger ! Demandez la nouvelle enquête de Rocambole !

LE SECRET DES ABÎMES (LES MAÎTRES DES BRISANTS II), Erik L'Homme / N° 27

Percez le secret des abîmes avec la suite tant attendue de Chien-de-la-lune.
Par l'auteur du LIVRE DES ÉTOILES.

MON COPAIN SQUELETTE
Gilles Barraqué / N° 28

Une cascade d'aventures, où l'humour et l'amitié finissent toujours par l'emporter. À mourir de rire.

IL FAUT SAUVER ATHÈNES !
Alice Leader / N° 29

Une aventure captivante, pour une plongée d'une vérité étonnante dans l'histoire et la mythologie de la Grèce antique.

Dans la même collection

JIMMY COATES : ASSASSIN ?
Joe Craig / N° 30

62 % ACTION
38 % SUSPENSE
100 % CAPTIVANT

LES PASSE-VENTS
Alain Grousset / N° 31

Avec les Passe-Vents, laissez-vous emporter par le souffle de l'aventure. Glisse et frissons garantis.

Imprimé en Italie
par LegoPrint.

PAO : Belle Page

Premier dépôt légal : mars 2004
Dépôt légal : août 2005
N° d'édition : 139573
ISBN : 2-07-055928-9
Loi n° 49-956 du 16 juillet 1949
sur les publications
destinées à la jeunesse